Eminas Warten und der Verführer Omar

Halima Bajric Mehic wurde in Velika Kladusa, Bosnien und Herzegowina, geboren, wo sie auch ihre Schulzeit verbrachte.

Fast zwanzig Jahre lang war sie am Amtsgericht tätig.

Seit 2017 lebt sie in Deutschland und hat in dieser Zeit eine starke Leidenschaft für das Schreiben entwickelt.

Neben ihrem Talent als Bäckerin genießt sie es, ihre Freizeit mit ihrer Familie in der Natur zu verbringen.

Halima Bajric Mehic

Eminas Warten und der Verführer Omar

Roman

Bibliografische Information der Deutschen Nationalbibliothek:
Die Deutsche Nationalbibliothek verzeichnet diese Publikation
in der Deutschen Nationalbibliografie; detaillierte
bibliografische Daten sind im Internet
über http://dnb.dnb.de abrufbar.

*Die automatisierte Analyse des Werkes, um daraus
Informationen insbesondere über Muster, Trends und
Korrelationen gemäß §44b UrhG (»Text und Data Mining«)
zu gewinnen, ist untersagt.*

Verlag: BoD · Books on Demand GmbH, Überseering 33,
22297 Hamburg, bod@bod.de
Druck: Libri Plureos GmbH, Friedensallee 273,
22763 Hamburg

ISBN: 978-3-7693-0381-0

Eins

Emina war fünfzehn Jahre alt, als sie sich zum ersten Mal für einen Mann interessierte. Sie verliebte sich in ihren Nachbarn Omar, den sie fast täglich sah. Schon als Kind hatte sie Gefühle für ihn, die sie jedoch geschickt von allen verbarg. Mit grünen Augen nahm sie ihre Umgebung wahr. Freundlich zu allen, war sie stets bescheiden. Und obwohl ihre langen brünetten Haare ihr liebliches Wesen äußerst ansehnlich umschmeichelten, sah sie gern natürlich aus. Jedes Mal, wenn sie Omar traf, weiteten sich ihre Augen, ihre Wimpern flatterten, ihre runden Wangen erröteten und ihr Herz schlug schneller, obwohl Omar sie nicht einmal bemerkte. Sie lebte bei ihrer Großmutter Jasmina in einem kleinen Haus am Stadtrand, da sich ihre Eltern getrennt hatten, als sie jung war. Obwohl beide Elternteile mit ihrem neuen Partner weit weg von Jasmina lebten, kümmerten sie sich um Emina, indem sie ihr Geld für ihre Ausbildung schickten, sowie der Großmutter Jasmina für Unterstützung und Fürsorge für Emina.

Die beiden Frauen kamen gut miteinander klar. Emina träumte davon, eines Tages Ärztin zu werden. Mit Fleiß und guten Noten hielt sie diesen Traum am Leben. Oma war Hausfrau, in ihrer Freizeit brachte sie Emina das Kochen bei, weil sie der Meinung war, dass jede Frau kochen lernen sollte. Emina freute sich trotz ihrer Verpflichtungen in der

Schule, von ihrer Großmutter sowohl das Kochen als auch andere Dinge im Haushalt zu lernen.

Omar war drei Jahre älter als Emina. Bereits im Alter von sechzehn Jahren hatte er eine, wie er es nennen würde, »ernsthafte Beziehung«. Er war ein sehr gut aussehender Kerl und galt als der schönste im Ort. Er lebte bei seinem Vater Hamza, weil Omars Mutter und Hamzas Frau sie verlassen hatte, als Omar erst drei Monate alt war. Seitdem hatte sie ihn nicht mehr kontaktiert. Weil Omar nur mit seinem Vater aufgewachsen ist und seine Mutter nie gesehen hat, sind Erinnerungen an seine Mutter nicht vorhanden. Da sie ihn so früh verließ, gab ihm sein Vater alles, was Omar sich gewünscht hatte, weil er dachte, er würde die Lücke durch den Verlust seiner Mutter füllen. Allerdings hatte er ihn dadurch sehr verwöhnt.

Hamza besaß eine eigene Firma und galt als einer der reichsten Menschen der Gegend. Omar mochte die Schule nicht, er war ein schlechter Schüler, irgendwie rutschte er von Klasse zu Klasse, und Hamza war das auch egal, er zwang ihn nicht zum Lernen, er dachte daran, dass Omar die Mittelschule abschließen, sowieso einen Job in seiner Firma bekommen und eines Tages seinen Vater als Geschäftsleiter derselben ablösen würde. Bevor er volljährig wurde, hatte sich Omar bereits mehrmals verliebt, und jede Beziehung war für ihn ernst, aber nur von kurzer Dauer.

Nach Abschluss der Mittelschule begann Omar im Unternehmen seines Vaters zu arbeiten. Er nahm seine Rolle in der Firma ernst und arbeitete fleißig. Er vernachlässigte seine Freundin, mit der er damals zusammen war, und trennte sich kurz nach seiner Anstellung von ihr. Er litt nicht darunter, weil er wusste, dass er haben konnte, wen und wann er wollte.

Während Omar in der Firma seines Vaters arbeitete, begann Emina Medizin zu studieren. Sie hegte hartnäckig den Wunsch, eines Tages Ärztin zu werden. Für ihr Studium zog sie in eine Großstadt. Sie wohnte mit zwei anderen Mädels, Jelena und Nives, in einer Wohnung. Während Jelena und Nives an den Wochenenden Spaß hatten, verbrachte Emina die Wochenenden bei ihrer Großmutter Jasmina. An einem seltenen Wochenende blieb sie mit den Mädels, um abends ins Kino, in die Disco oder einfach in eines der Cafés zu gehen. Sie dachte immer noch an Omar, ihr gefiel einfach kein anderer Mann.

Sie wartete auf Omar. Sie hoffte, dass er sie eines Tages bemerken würde. Nach einiger Zeit lernten Jelena und Nives Jungs kennen, mit denen sie zusammenkamen, sodass Emina an den Wochenenden ohne Gewissensbisse gegenüber ihren Mitbewohnern zu ihrer Großmutter ging.

Da Omar überraschenderweise fleißig arbeitete und seinen Job liebte, merkte er nicht einmal, dass er schon vor langer Zeit seine Haare hätte schneiden lassen sollen. Er ließ sich immer in der Nähe seines Vaterhauses im selben Friseursalon die Haare schneiden. Nun beschloss er, die Pause zu nutzen und sich in einem Salon in der Nähe der Firma die Haare schneiden zu lassen. Als er den Salon betrat, fiel ihm sofort eine schöne, schlanke schwarze Frau auf. Sie war Friseurin und hatte hier vor ein paar Tagen für eine bestimmte Zeit zu arbeiten begonnen. »Guten Tag, die Damen«, sagte Omar und musterte die neue Mitarbeiterin, obwohl im Salon drei Frauen arbeiteten. Alle drei antworteten: »Guten

Tag«, und eine kleine blonde Frau mit kurzen Haaren fügte hinzu: »Bitte schön, was möchten Sie?« Omar antwortete sofort und ohne zu zögern: »Ich möchte mir die Haare waschen und schneiden lassen, und wenn möglich, wirst du (zu der hübschen, schwarzhaarigen Frau gewandt) das für mich erledigen.« Die Frau schaute auf die kleinere Frau, die die Leiterin des Salons war, dann nickte sie zustimmend. Sie drehte sich zu Omar um, wies ihm einen Stuhl zu und begann, ihm die Haare zu waschen. Omar fing das Gespräch sofort an und begann, die Frau verführerisch zu befragen.

»Mein Name ist Omar. Ich würde gerne deinen Namen wissen. Ich habe noch nie eine schönere Frau getroffen.«

»Hana, mein Name ist Hana«, antwortete sie. »So eine wunderschöne Frau. Ich glaube, Sie sind nicht allein?«, fragte Omar weiter, um herauszufinden, ob sie Single war.

Hana antwortete, ohne zu zögern: »Ich bin im Moment nicht in einer Beziehung.«

»Wie ist es möglich, dass ich Sie noch nie getroffen habe!?«

»Ich habe vor Kurzem angefangen, in diesem Salon zu arbeiten. Ich arbeite für eine bestimmte Zeit und vertrete eine Frau, die sich in Elternzeit befindet. Da ich neu hier bin, konnte man mich nicht einmal sehen.«

»Übrigens lasse ich mir hier nicht die Haare schneiden, ich bin zum ersten Mal hierhergekommen, ich bin mir sicher, dass das Schicksal uns zusammengeführt hat«, flirtete Omar weiter.

»Wahrscheinlich«, fügte Hana hinzu und dachte in sich: »Ich will dich.«

Omar fand in kurzer Zeit heraus, was ihn interessierte, und selbst in so kurzer Zeit gelang es ihm, noch am selben

Tag nach der Arbeit ein Treffen in einem nahegelegenen Café zu vereinbaren.

Er bezahlte das Haarescheiden, hinterließ ein großes Trinkgeld und eilte zurück zur Arbeit, voller Vorfreude auf das Treffen.

Nach der Arbeit begab sich Omar ins vereinbarte Café. Er wartete nicht lange, Hana erschien nach wenigen Augenblicken.

Sie sah gepflegt aus, ihre langen schwarzen Haare waren frisch geglättet, ihre großen schwarzen Augen waren mit Mascara und Wachsmalstift umrandet, ihre schwarzen Wimpern waren dick und lang und ihre Augenbrauen waren schwarz und geformt, das kurze rote Kleid, das eng an ihrem Körper anlag, betonte ihre schlanke Figur und ihre nackten, langen Beine, und auf ihren großen und vollen Lippen trug sie roten Lippenstift. Die kleine Handtasche, die sie in ihrer rechten Hand hielt, war schwarz wie ihre Sandalen, und ihre langen Nägel waren rot wie ihr Lippenstift und ihr Kleid. Sie bewegte sich hinreißend auf den Tisch zu, an dem Omar saß. Alle Augen der Anwesenden in der Bar waren auf sie gerichtet. Omar gefiel es, dass alle sie anstarrten, er genoss immer die Gesellschaft schöner Frauen. Er stand von dem Stuhl auf, auf dem er saß, zog in Gentleman-Manier einen weiteren Stuhl unter dem Tisch hervor, streckte seine Hand nach Hana aus und setzte sie auf den Stuhl. Dann fügte er mit einem breiten Lächeln hinzu: »Willkommen, Schönheit!«

Sie unterhielten sich lange und merkten nicht einmal, dass es bereits Mitternacht geworden war. Omar begleitete Hana zu ihrem Haus und sie lud ihn ein, was Omar gerne annahm. Den Rest der Nacht verbrachte er bei Hana und am Morgen kamen beide zu spät zur Arbeit.

»Guten Morgen«, sagte Hana, als sie den Salon betrat, sich für die Verspätung entschuldigte und auf den Kunden zuging, der darauf wartete, dass ihm die Haare gewaschen würden. Wissend, dass Hana sich nach der Arbeit mit einem gut aussehenden, dunkelhaarigen jungen Mann getroffen hatte und wahrscheinlich deshalb zu spät kam, mischte sich auch ein Hauch von Eifersucht in die Stimme ihrer Chefin, als diese scharf entgegnete: »Lass es bloß nicht zur Gewohnheit werden. Ich mag keine unzuverlässigen Mitarbeiter.«

»Das wird nicht noch einmal passieren«, antwortete Hana fröhlich und ohne Gewissensbisse.

Als Omar in der Firma ankam, ging er zum Büro seines Vaters und entschuldigte sich wie Hana bei seinem Vater für seine Verspätung und bat ihn, gemeinsam zum Mittagessen zu gehen. Beim Mittagessen begann Omar ein Gespräch über die Wohnung. Er wackelte auf dem Stuhl und fragte stammelnd: »Papa … Ich wollte … mit dir reden über … Wie wäre es, wenn ich ausziehen würde, ich weiß, dass du immer willst, dass wir zusammen sind, du warst mir immer Vater und Mutter und Freund, aber weißt du … Ich bin alt genug, um auf mich selbst aufpassen zu können, denn wenn ich eine Freundin habe, schleiche ich mich schließlich immer leise ins Haus, aus Angst, dich zu wecken oder laut zu sein, um deine Ruhe zu stören, jetzt habe ich eine wunderschöne Frau kennengelernt und ich denke, es ist ernst.« Kaum hatte er sein Vorhaben beendet, fügte er hinzu: »Was denkst du darüber, Papa?«

Hamza lachte zuerst über seine »ernsthafte Freundin« und da er wusste, dass Omar eines Tages wegziehen würde, hatte er bereits vor drei Jahren eine Wohnung für Omar gekauft, sagte es ihm aber nicht, damit er so lange wie möglich mit seinem Sohn zusammenleben konnte, den er sehr liebte. Leicht lächelnd sagte Hamza zu Omar:

»Mein Sohn, ich habe dir vor drei Jahren eine Wohnung gekauft, ich wusste, dass du eines Tages gehen wirst. Ich bin nicht sauer auf dich, so soll es sein, ich habe es für dich gekauft, damit du sie hast, wenn es dazu kommt, aber ich habe es hinausgezögert, dir zu sagen, da ich trotzdem wollte, dass du so lange wie möglich bei mir bist. Ich habe auf den richtigen Zeitpunkt gewartet und wenn ich höre, was du zu mir sagst, weiß ich, dass dieser Moment jetzt gekommen ist. Den Schlüssel zur Wohnung bekommst du heute, er liegt im Büro.«

Als er das sagte, sah Omar ihn verwundert an. Er wusste, dass sein Vater alles für ihn tun würde, um ihn glücklich zu machen, aber er konnte sich nicht einmal vorstellen, dass sein Vater darauf auch dachte. Er stand vom Stuhl auf, ging auf Hamza zu und umarmte ihn fest, hielt ihn fest, vergoss ein paar Tränen und sagte unter Tränen: »Danke, mein liebster Vater, danke.«

»Danke mir nicht, ich bin dein Vater, es ist meine Pflicht, auf dich aufzupassen und dafür zu sorgen, dass dir nichts fehlt.«

»Wie kann ich es dir zurückzahlen?«, fragte Omar.

»Ja, da gibt es schon eine Sache, wie du es mir zurückzahlen kannst. Lehne mich niemals bei einer Schachpartie ab. Du weißt, es ist mein Lieblingshobby und ich mag es am meisten, wenn ich dich schlage.«

Beide fingen an zu lachen.

Als Omar ins Büro zurückkehrte, erhielt er den Schlüssel zur Wohnung. Er war ebenso glücklich wie traurig.

Glücklich, dass Hana endlich bei ihm einziehen könnte, wenn man bedenkt, dass sie zur Miete lebte und eine sehr hohe Miete für die Wohnung zahlte; und gleichzeitig traurig, weil er seinen Vater verließ, obwohl sie sich jeden Tag bei der Arbeit sehen würden.

Weder Hamza noch Omar konnten gut kochen, also aßen sie im Restaurant. Als Omar noch klein war, hatten sie eine Haushälterin, die sich um Omar und die Küche gekümmert hatte. Jetzt, da Omar erwachsen war, hatten sie nur noch ein Dienstmädchen, das am Wochenende das Haus putzte.

Hamza und Omar verbrachten die Abende meist mit einer Partie Schach. Hamza liebte es, Schach zu spielen, also gab er das an Omar weiter, schon als er noch klein war.

Nach der Übergabe des Wohnungsschlüssels verspürte Hamza einen kurzen Schmerz in der Brust, er wurde von Traurigkeit überwältigt, merkte, wie sein Mund trocken wurde und sagte schnell zu seinem Sohn: »Geh jetzt, geh zur Arbeit« und stieß ihn aus dem Büro. Er wollte nicht, dass Omar sah, wie ihm die Tränen übers Gesicht liefen, die er nicht stoppen konnte.

Omar verließ das Büro glücklich, er bemerkte die Veränderung bei Hamza nicht einmal.

Nach getaner Arbeit traf sich Omar mit Hana wieder. Zuerst prahlte er damit, dass er von seinem Vater eine Wohnung geschenkt bekommen hatte, und dann schauten sie sich diese gemeinsam an. Die Wohnung war leer, ein Neubau, groß genug für zwei Personen, und Omar war der erste Eigentümer. Er bat Hana, ihm bei der Einrichtung der Wohnung zu helfen – ein Wunsch, dem sie sofort zustimmte.

Jeden Tag gingen sie nach der Arbeit gemeinsam auf die

Suche nach Einrichtungsgegenständen. Nach einiger Zeit war die Wohnung möbliert, selbst das kleinste Detail in der Wohnung war Hanas Entscheidung, Omar zahlte einfach. Hana hatte wirklich Geschmack. Die Wohnung strahlte Schönheit und Kunstfertigkeit aus. Sie war mit einigen der teuersten Stücke eingerichtet, darunter sogar Unikate. Die gesamte Wohnung wurde in Beige- und Brauntönen eingerichtet.

Nachdem die Wohnung fertig eingerichtet war, zog auch Hana ein. Dies wollten beide, weil sie so mehr Zeit gemeinsam verbringen konnten. Omar war es wichtig, dass er eine schöne und attraktive Frau an seiner Seite hatte. Er dachte nicht darüber nach, ob Hana kochen konnte oder ob sie überhaupt etwas von Hausarbeit verstand. Beim Zusammenleben bemerkte Omar, dass Hana sich morgens Kaffee und nie etwas anderes als diesen Kaffee kochte. Die Wochenenden verbrachten sie meist draußen beim Shoppen oder gingen auf Partys. Dieses Wochenende wollte Omar jedoch in der Wohnung bleiben, also wandte er sich an Hana.

»Liebes, wie wäre es, wenn du heute mal was Schönes zum Mittagessen kochst und Hamza einlädst?«, fügte er lächelnd hinzu. »Natürlich helfe ich dir gern, auch wenn ich nicht kochen kann, aber wir schaffen das schon. Ich habe darüber nachgedacht, dass ich nie etwas für meinen Vater getan habe. Ich denke, er würde sich sehr freuen und dich wahrscheinlich kennenlernen wollen.«

Hana sah ihn seltsam an, lachte und sagte: »Ich habe noch nie etwas gekocht, weder kann ich kochen noch mag ich es. Als ich bei meinen Eltern wohnte, kochte meine Mutter immer. Als ich alleine wohnte, habe ich hauptsächlich Müsli und Salat gegessen. Jetzt, wo wir zusammen sind, gehen wir oft draußen essen, sodass ich nicht kochen muss.« Sie fügte hinzu: »Wenn du mit deinem Vater zu Mittag essen willst, geh wie immer aus, und ich gehe mit meinen Freundinnen. Ich möchte keine Hausfrau werden. Ich bin nicht für Kochen und Hausarbeit gemacht.«

Omar war erstaunt, denn ihm wurde klar, dass Hana seinen Vater nicht einmal beherbergen wollte, geschweige denn kochen wollte. Er dachte, dass sie zumindest sagte, dass er kommen kann, dann könnten sie Essen im Restaurant bestellen. Er war traurig, weil er seinen Vater nicht in seiner Wohnung beherbergte. Trotzdem rief er ihn an und ging mit ihm, ohne Hana, zum Mittagessen.

Während sie sich beim Mittagessen unterhielten, fragte der Vater Omar, wo Hana sei. »Ich dachte, dass wir drei zu Mittag essen würden, damit ich sie besser kennenlernen könnte. Vielleicht wirst du bald heiraten, also wird Hana meine Schwiegertochter, Teil der Familie, und ich kenne sie nicht.«

Sie ist zu Hause geblieben, sie ist nicht so gut gelaunt«, log Omar.

»Das tut mir leid«, fügte Hamza hinzu.

Es fiel Omar schwer, seinen Vater anzulügen. Er tat es zum ersten Mal, änderte aber schnell seine Meinung. Auf keinen Fall wollte er seinen Vater anlügen, also fügte er hinzu: »Es tut mir leid, Vater, ich habe dich angelogen, und das will ich überhaupt nicht. Hana wollte nicht mit uns ausgehen, sie wird mit ihren Freundinnen ausgehen, und ich schämte mich, dir das zu sagen, weil ich auch wollte, dass sie mit uns ausgeht.«

»Es gibt keinen Grund, sich zu entschuldigen«, sagte der Vater. »Wenn sie nicht mit uns ausgehen will, ist das schon in Ordnung. Im Grunde ist es auch egal. Viel wichtiger ist mir, dass ihr euch versteht. Vor allem möchte ich, dass du glücklich bist. Wenn du glücklich bist, bin ich es auch.«

Damit beendeten sie das Thema über Hana und Hamza fuhr mit einem anderen Thema fort: der Arbeit. Danach aßen sie ihr Mittagessen auf und gingen nach Hause. Beim Abschied warf Hamza Omar zu: »Komm doch auf eine Partie Schach vorbei.«

»Natürlich, ich werde vorbeischauen«, sagte Omar und ging weiter, während er sich daran erinnerte, dass er seit Beginn seiner Beziehung mit Hana, seit sie zusammen in der Wohnung lebten, die ihm sein Vater gekauft hatte, nicht mehr im Haus seines Vaters gewesen war. Dieser Gedanke machte ihn ein wenig traurig, doch sein Gesicht erhellte sich schnell, als er an die Schönheit von Hana dachte. Für sie würde er schließlich alles geben.

Während dieser Zeit lernte Emina fleißig, ihre Mitbewohnerin Jelena zog zu ihrem Freund und Nives stürzte sich in eine Ehe. Aufgrund dieser Entscheidung zog sie mit ihrem Auserwählten aus der Stadt und setzte ihr Studium in einer anderen Stadt fort. Emina wurde allein in der Wohnung zurückgelassen. Manchmal fühlte sie sich einsam, dann rief sie ihre Großmutter an und ihre Stimmung besserte sich.

Emina träumte immer noch von Omar. Sie wünschte sich nach wie vor, ihn kennenzulernen, obwohl sie vermutete, dass sie zu unterschiedlich waren. Er schien ein wirklich schelmischer Mensch zu sein und sie war eher zurückgezogen, sanftmütig und unaufdringlich. Sie hatte ihr Geheimnis noch immer niemandem verraten, nicht einmal ihrer Großmutter, mit der sie fast jedes Wochenende verbringt und die ihr durch Gespräche raten würde, dass es Zeit ist, einen Freund zu haben.

Da sie letztes Wochenende nicht bei ihrer Großmutter gewesen war, entschied sich Emina, beim nächsten Mal unbedingt dorthin zu gehen, und sie wollte Omar unbedingt sehen, da sie ihn in den letzten paar Besuchen bei ihrer Großmutter nicht gesehen hatte. Sie hatte sich auch einen Plan ausgedacht, sie wollte nicht mehr einfach an Omar vorbeigehen, von nun an würde sie ihn begrüßen. Sie wollte mit ihrer Großmutter in das Café gehen, in das er geht, und würde ihn dort treffen.

Als sie bei Oma ankamen, umarmten und küssten sie sich wie jedes Mal. Sie freuten sich immer aufeinander. Oma hatte bereits das Mittagessen vorbereitet und nach dem Essen sagte Emina:

»Oma, können wir zum Café gehen, um etwas zu trinken, vielleicht sehe ich einen meiner Freunde, ich vermisse sie.«

»Ja, das können wir«, antwortete Oma schnell.

Für Oma klang es ein wenig seltsam, denn jedes Mal, wenn Emina zu Besuch kam, flehte sie ihre Enkelin an, zusammen oder mit einer ihrer Freundinnen auszugehen, und Emina lehnte ab und sagte, sie sei nur wegen Oma da. Oma wollte, dass Emina mehr ausgeht, um Männer kennenzulernen, weil sie alt genug für eine Beziehung war. Sie wollte nicht, dass Emina allein war.

Die meiste Zeit bis zum Abend verbrachten sie mit Gesprächen. Oma erzählte Emina, was bei ihr und in der Nachbarschaft passierte, und Emina erzählte ihr von der Zeit, die sie an der Uni verbracht hatte.

Sie machten sich bereit für die Stadt, also für einen Spaziergang zu dem Café.

Oma Jasmina hat sich hübsch angezogen und dezent geschminkt, wie sie es immer tat, wenn sie ausging. Das Aussehen war Jasmina wichtig, auch zu Hause war sie immer gut gekleidet.

Emina band ihre Haare zu einem Pferdeschwanz zusammen, zog Jeans an und sie machten sich auf den Weg.

Unterwegs gab Großmutter Emina Ratschläge.

»Emina, Schatz, du solltest dich, abgesehen vom Lernen, ganz dir selbst widmen. Arbeite an deinem Aussehen, du bist wunderschön, du bist jetzt eine echte Frau. Du solltest dich schöner kleiden. Ich weiß, du schminkst dich nicht gern, aber verwende zumindest ein wenig Lippenstift, Mascara und Eyeliner.«

»Nein, ich will nicht, du weißt, dass mir das nicht gefällt«, sagte Emina und umarmte ihre Großmutter, um ihr klarzumachen, dass sie ihr wegen solcher Ratschläge nicht böse ist. Sie sei die Kritik ihrer Großmutter schon gewohnt in puncto Make-up und Ankleiden.

Langsam gehend erreichten sie das Café, das normalerweise alle aus der Nachbarschaft besuchten.

Eminas Wangen wurden rot bei dem Gedanken, dass sie dort nun Omar sehen würde.

Als sie das Café betrat, suchte sie nach ihm, aber er war nicht da. Dort angekommen schlug Oma Jasmina vor, dass sie sich ans Fenster setzen sollten, worauf Emina zustimmte und sie sie setzten sich. Während sie Getränke bestellten, kam eine Frau aus der Nachbarschaft, Mirela, auf sie zu, begrüßte sie und fügte hinzu:

»Emina, wir haben uns schon lange nicht mehr gesehen.

Seit du mit dem Studium angefangen hast, kommst du wohl überhaupt nicht mehr her?«

»Ja, ich komme, antwortete Emina. Ich bin fast jedes Wochenende hier, aber ich gehe nicht aus, meistens verbringe ich die Zeit mit meiner Oma.«

Da Mirela allein und ohne Gesellschaft im Café war, bot ihre Großmutter ihr an, sich zu ihnen zu setzen.

»Mirela, setz dich zu uns an den Tisch. In Gesellschaft ist es besser.«

»Gerne, danke.« Mirela setzte sich zu ihnen.

Während des Gesprächs erinnerten sie sich an Ereignisse in der Nachbarschaft, sodass Mirela auch Omar erwähnte. Sie sagte, Omar habe eine schöne Frau gefunden, eine Wohnung gekauft und sei von Hamza weggezogen. Sie seien derzeit im Urlaub.

Als Emina das erfuhr, dachte sie, dass Omar wahrscheinlich glücklich ist, weil er von seinem Vater in eine eigene Wohnung mit seiner Freundin gezogen ist – das musste eine ernsthafte Beziehung sein. Sie dachte, dass es für sie keine Hoffnung mehr gab. Während des weiteren Gesprächs lächelte sie nicht mehr und sprach auch nicht viel.

Oma Jasmina bemerkte, dass Emina plötzlich ihre Stimmung änderte, als würde sie etwas stören, aber sie wusste nicht, was es sein könnte. Sie konnte nicht ahnen, dass es an Omar liegen würde, sie würde sie nie mit Omar sehen können, denn die beiden unterschieden sich in allem.

Nachdem sie nach Hause gegangen waren, fragte Jasmina sie:

»Emina, Schatz, warum bist du traurig? Ich habe gemerkt, dass dich etwas stört. Du musst es mir sagen.«

»Es ist nichts«, antwortete sie nur kurz.

Jasmina dachte, dass das Lernen Müdigkeit verursache. Denn wann immer sie sie anrief, lernte Emina. Also wollte sie sie nicht weiter befragen.

Als Emina zu Hause ankam, ging sie in ihr Zimmer, um sich angeblich etwas auszuruhen, und dachte die ganze Zeit an Omar, dabei weinte sie sogar leise. Sie beschloss jedoch, es ihrer Großmutter nicht zu zeigen. Sie würde versuchen, sich vor ihr wie eine glückliche und fröhliche Enkelin auszugeben. Deshalb stand sie am nächsten Tag vor ihr auf, bereitete das Frühstück zu, öffnete Omas Schlafzimmer, um den Kaffee und warme Croissants zu riechen.

Als Oma den Duft wahrnahm, wachte sie auf. Mmmmmmh, streckte sich und rief aus dem Bett: »Was für ein schöner Geruch.«

»Komm schon, Schlafmütze!«, rief Emina.

Beim Verlassen des Schlafzimmers schaute Jasmina zum Esstisch, das Frühstück war vorbereitet, der Tisch war gedeckt wie in einem Fünfsternehotel. Seufzend vergoss die Großmutter eine Träne der Freude und des Glücks. »Danke Emina, ich kann mich nicht erinnern, wann jemand so ein Frühstück für mich zubereitet hat.«

»Du hast genug für mich zubereitet«, lachte Emina.

»Komm zum Frühstück, meine liebste Oma.« Emina ging auf sie zu und küsste sie.

Nach dem Frühstück verbrachten die beiden noch etwas Zeit zusammen, genossen die Gespräche und nach ein paar Stunden musste Emina zurück, denn am nächsten Tag begann die Vorlesung.

Als Emina zurückkam, dachte sie an Omar. Sie wusste, dass es für sie keine Hoffnung gab. Dieser Gedanke zerriss ihr das Herz. Der Grund lag darin, dass alle, die Hana kannten, darüber gesprochen hatten, wie schön sie war. Emina kannte sie nicht, aber sie wollte sich ganz in ihr Studium stürzen, damit sie keine Zeit hatte, an ihn zu denken.

Andererseits, dachte sie, waren Omars Beziehungen ziemlich kurz. Alle seine Freundinnen waren wunderschön. Ich muss nur abwarten und hoffen. Ich werde so lange warten, bis er sich verlobt und heiratet.

Was ist los mit mir, dachte sie. Wie lange soll ich noch an ihn denken? Sie schüttelte den Kopf und blickte auf die Landschaft, die sich vor ihr ausbreitete.

Die Angestellte im Friseursalon, die Hana ersetzt hatte, kehrte zur Arbeit zurück und Hana verlor ihren Job. Das gefiel Hana, denn sie fühlte sich schon ziemlich müde.

Danach machte sie tagelang nichts mehr, sodass ihr auch das langweilig wurde. Sie fing an, sich bei Omar darüber zu beschweren, dass sie sich langweile. Da Omar in letzter Zeit mit der Arbeit beschäftigt war und immer mehr arbeitete, ging Hana an Wochenenden mit ihren Freundinnen aus und verbrachte so ihre Zeit, während ihre Freundinnen an Wochentagen arbeiteten, sodass sie keine Zeit für Hana übrighatten, und sie hatte keine Ahnung, wie sie die Woche füllen sollte.

Omar kam auf die Idee, Hana ein Gewerbegeschäft zu kaufen, um dort ihren eigenen Friseursalon zu eröffnen.

»Hana, Liebling, ich sehe, dass dir langsam langweilig wird. Möchtest du, dass ich dir ein Gewerbegeschäft kaufe, damit du deinen eigenen Friseursalon eröffnen kannst?«

»Wow, Liebling, das wäre das Richtige, natürlich will ich das, du hättest mich damit auch überraschen können«, fügte sie schelmisch hinzu. Sie warf sich in Omars Arme und dankte ihm auf ihre Art.

In kurzer Zeit fanden sie einen Laden und Hana begann da zu arbeiten. Es war anstrengend und langweilig für sie, also stellte sie zwei weitere Arbeiterinnen ein. Der Salon lief auf Hochtouren, sodass sie guten Umsatz machten. Alle möglichen Kunden kamen in den Salon, ältere Damen, Herren, junge Frauen, schöne und weniger schöne. Hana wollte die Schönste sein und war plötzlich mit ihrem Aussehen unzufrieden. Sie beschloss, einen plastischen Chirurgen aufzusuchen, um ästhetische Eingriffe an Lippen, Gesicht, Brüsten und Gesäß vorzunehmen. Sie nahm sich ein paar Tage frei und reiste ab. Sie sagte Omar, dass sie einfach eine Pause brauche und sie wusste, dass er nicht mit ihr gehen konnte, weil er Verpflichtungen in der Firma hatte. Omar gegenüber verschwieg sie ihre Idee, wollte ihn aber mit ihrem neuen Aussehen überraschen.

Durch eine Empfehlung fand sie eine der besten Kliniken für plastische Chirurgie. Im Gespräch mit dem Arzt fand sie heraus, dass sie eine große Summe Geld für ihre Wünsche brauchte.

Als Hana ihre Arbeit im Friseursalon, wo sie befristet tätig war, beendete und bevor sie ihren eigenen Salon eröffnete, gab Omar ihr seine Bankkarte, damit sie für nichts Mangel hatte. So war Geld für Hana kein Problem.

In einem weiteren Gespräch mit ihrem Arzt teilte er ihr mit, dass für größere ästhetische Korrekturen keine Notwendigkeit bestehe, da sie über eine natürliche Schönheit verfüge. Vielleicht später in ihren reiferen Jahren, wenn es dann auch dann noch Bedarf dafür gäbe. Sie traf mit dem Arzt dennoch eine Vereinbarung, dass sie jeweils einen Eingriff durchführen werde, beginnend mit den Lippen. Im Urlaub ließ sie ihre Lippen mit Hyaluronsäure vergrößern.

Sie war mit dem Ergebnis zufrieden. Sie wartete ungeduldig darauf, nach Hause zu kommen, um Omars Reaktion auf ihren neuen Look zu sehen.

Als sie nach Hause kam, gefiel es auch Omar.

»Mir gefällt es, es ist nicht schlecht, obwohl ich denke, dass es nicht nötig war, aber warum hast du mir nicht gesagt, dass du deine Lippen vergrößern willst? Ich möchte nicht, dass wir Geheimnisse voreinander haben«, sagte er.

»Natürlich, mein Schatz«, antwortete Hana, »ich will es auch nicht, aber ich habe das als Überraschung für dich getan«, während sie lächelnd ihn sanft küsste.

Omar schaute sich ihre Lippen genauer an und sagte: »Ja, sie sind wunderschön, aber waren die vorherigen nicht auch schön, vielleicht sogar attraktiver? Das ist nicht nötig, du bist eine natürliche Schönheit, du bist für mich die Schönste.« Hana lächelte und beugte sich noch einmal über ihn und küsste ihn erneut, küsste sein Ohr.

»Aber meine Liebe, ich war nicht zufrieden, ich möchte noch schöner sein, sowohl für mich selbst als auch für dich.« Sie überlegte, ob sie ihm von der Vereinbarung mit dem Arzt erzählen sollte, aber sie hatte immer noch Angst vor seiner Reaktion, wie er reagieren würde. Sie wollte nicht, dass Omar ihre Entscheidung in irgendeiner Weise beeinflusste, also stoppte sie ihre Gedanken und fuhr fort ihn zu küssen und streicheln am ganzen Körper. Omar schmolz in ihren Küssen dahin und erwiderte sie sanft. Sie wurden durch das Klingeln von Omars Telefon unterbrochen.

»Es war Hamza«, antwortete Omar und legte kurz darauf auf, wandte sich an Hana und sagte:

»Wir gehen heute Abend zum Abendessen zu Hamza, er hat uns gerade eingeladen.«

Er wartete freudig auf Hanas Antwort und fügte hinzu: »Ich bin wirklich neugierig, ob er gekocht hat, obwohl ich mir das nicht vorstellen kann, oder ob er Ljubica, die Dame, die das Haus putzt, gebeten hat zu kochen.«

Hana sah ihn vielsagend an und sagte dann mit hoher Stimme:

»Du denkst nicht wirklich, ich sollte nach der langen Reise gehen. Ich bin gerade erst nach Hause gekommen und habe keinen Hunger, es ist zu spät für mich zu essen, geh selbst.«

Es kam Omar vor, als hätte Hana ihn hart getroffen und er fuhr sie zum ersten Mal wütend an. »Schäme dich, Hana, ich dulde, dass du meinem Vater die ganze Zeit aus dem Weg gehst. Seit du bei mir bist, hast du keine Zeit mehr gefunden, dich mit ihm zusammenzusetzen. Warum das Ausweichen? Du musst nicht Abend essen, aber der Ordnung halber hätte man zustimmen können, endlich zu ihm zu gehen. Du sollst ihn nur kennenlernen, und um Himmels willen, wie wäre es, wenn ich eine große Familie hätte, Brüder und Schwestern, dann würdest du niemanden treffen wollen? Ich verstehe dich nicht, Hana.« Omar war wütend.

Hana war über Omars Reaktion noch verärgerter und wollte vom Abendessen nichts hören. Sie begannen heftig zu streiten, und Omar sprang von dem Sofa, auf dem er saß, rannte aus der Wohnung und ging zu seinem Vater. Zum ersten Mal fühlte er Unbestimmtheit in seinem Kopf. Er fragte sich, warum Hana die Gesellschaft seines Vaters nicht wollte, was er seinem Vater dieses Mal sagen sollte.

Hamza freute sich über Omars Ankunft. Er bereitete das Abendessen mithilfe des Buches »Kochen mit Leidenschaft«

vor, das er heute Morgen gekauft hatte. »Ich habe beschlossen, mich für einen Kochkurs anzumelden«, sagte Hamza. »Ich fühle mich etwas einsam, also würde ich meine Zeit dort verbringen, und ich hatte auch Lust zu kochen. Der Kurs beginnt am Montag, die Uhrzeit um 20:00 Uhr passt mir gut, er findet dreimal pro Woche statt, montags, mittwochs und freitags.«

»Ich freue mich für dich«, sagte Omar mit trauriger Stimme, wohlwissend, dass er in letzter Zeit wenig Zeit mit seinem Vater verbracht hatte. Hamza bemerkte, dass Omar deprimiert war, er kannte den Grund für seinen Zustand, also fragte er nicht einmal nach Hana und gab Omars Unbehagen keinen Raum.

Sie aßen zu Abend und erinnerten sich an ihr gemeinsames Leben. Omar erinnerte sich an die Probleme, die er seinem Vater zugefügt hatte: wie er mit dem Ball das Fenster des Wohnzimmers eingeschlagen hatte oder beim Versteckspiel mit seinen Freunden durch das Blumenbeet gestürmt war – und an all die ähnlichen kleinen Missgeschicke, die er verursacht hatte. Doch Hamza hatte ihm alles immer sofort verziehen.

Dann spielten sie eine Partie Schach und bald darauf war es Mitternacht. Omar kehrte nach Hause zurück und beschloss zum ersten Mal, Hana zu bestrafen, indem er sie ein paar Tage lang ignorierte. Hana bemerkte es nicht einmal, weil sie über Termine für ästhetische Eingriffe an ihrem Körper nachdachte.

Zwei

Schließlich beendete Emina ihr Studium und kehrte zu ihrer Großmutter zurück. Sie war auf der Suche nach einem Job in ihrer Stadt, vor allem, um mehr Zeit mit ihrer Großmutter zu verbringen. Der Gedanke, dass sie manchmal Omar begegnen wird, gab ihr die Hoffnung, dass sie dort glücklich sein wird.

Im Krankenhaus erhielt sie ein Angebot für ein Praktikum. Emina nahm es an und begann bereits im nächsten Monat zu arbeiten. An ihrem ersten Arbeitstag traf sie ein paar Ärzte, mehrere Arbeiter und zwei Praktikanten, Ivan und Senad, die ebenfalls ihren ersten Arbeitstag hatten. Gleich am ersten Tag nutzten die drei gemeinsam als echtes Team die Pause und lernten sich besser kennen. So machten sie tagelang weiter und durch Gespräche fand Emina heraus, dass Ivan eine glückliche Liebesbeziehung führte und Senad frei war wie sie. Emina erzählte ihrer Großmutter jeden Tag ihre Eindrücke von der Arbeit und den Gesprächen mit ihren Kollegen.

Oma wollte unbedingt, dass Emina einen Freund hat, also fragte sie sie einmal, während sie sich unterhielten.

»Erzähl mir, Emina, wie Senad als Mensch ist.«

»Ähm, was soll ich dir sagen, Oma, er ist ein wunderbarer Freund, ich habe das Gefühl, dass er wie ich ist, als wären wir Bruder und Schwester. Wir verstehen uns gut.«

»Lade ihn zum Abendessen zu uns ein, ich koche gerne.

Ich möchte auch deinen Arbeitskollegen kennenlernen«, und sie dachte bei sich, ob zwischen ihnen noch etwas mehr sein würde, denn aus Eminas Geschichten kam sie zu dem Schluss, dass Senad ein toller Mensch sei und eine gute Partie für Emina.

»Ich weiß nicht, Oma, vielleicht eines Tages.«

»Und sag mir, Emina, magst du ihn als Mann?«

Emina lachte laut.

»Oh, Oma, ich weiß, was du vorhast, ich habe es dir schon gesagt, wir sind nur gute Freunde und Arbeitskollegen, mehr nicht.«

Oma fragte sich immer, wie es möglich war, dass ihre Enkelin niemanden mochte und nicht wusste, was in ihrem Herzen verborgen war.

Mit der Zeit entwickelte Senad Gefühle für Emina und lud sie oft nach der Arbeit ein. Sie kamen meist freitagabends oder samstags heraus. Emina fühlte sich in seiner Gesellschaft wohl, bis er eines Abends etwas mehr wollte.

»Emina, ich muss dir etwas gestehen, aber ich möchte nicht, dass es unsere Freundschaft ruiniert.«

»Sag Senad, was dir durch den Kopf geht.«

Emina vermutete, was es sein könnte. Jetzt befand sie sich in einer unangenehmen Situation. Was sollte sie tun?

Senad stotterte und schwitzte. »Weißt du, vom ersten Tag an, als ich dich sah, spürte ich eine gewisse Vibration zwischen uns. Allmählich wurde dieses Gefühl stärker. Emina, glaube ich, ich glaube … Er stotterte immer noch.

Emina unterbrach ihn, da sie sah, wie schwierig es für ihn war zu sprechen.

»Ich habe das Gefühl, dass du mir sagen willst, dass du in mich verliebt bist. Habe ich recht?«, fragte Emina.

»Ja, du hast recht«, er war froh, dass Emina dasselbe für ihn empfand.

»Es tut mir leid, Senad, wenn du so denkst. Ich mag dich als Freund, jetzt bist du mein bester Freund, aber mein Herz ist vergeben.«

»Wie vergeben, ich verstehe dich nicht«, sagte Senad. »Sind wir, du und ich, nicht jeden Freitag- und Samstagabend zusammen? Wer hat dein Herz erobert? Wer ist diese Person und wo ist sie?«

»Ich kann dir nicht sagen, wer er ist, weil er es auch nicht weiß, niemand weiß es, jetzt weißt nur du es. Bitte verrate niemandem mein Geheimnis. Ich möchte dich nicht als Freund verlieren, aber wenn du so denkst, dann verschwendest du deine Zeit mit mir, es tut mir leid.«

Senad schwieg eine Weile, dann sagte er: »Wir sind beide frei, wir müssen ein bisschen ausgehen, ich möchte, dass wir weiterhin Zeit miteinander verbringen, lass uns gute Freunde sein. Ich schätze und respektiere dich wirklich, ich will nicht dich komplett verlieren. Bitte verzeih mir und vergiss, dass wir überhaupt darüber gesprochen haben.«

»Schon gut«, sagte Emina, »du bist mir auch lieb, da ich weder eine Schwester noch einen Bruder habe, sei für mich wie ein Bruder«, sie lachte und umarmte ihn genau wie einen Bruder.

Auch Senad lächelte und fügte hinzu: »Das geht, aber du hast mir eine schwierige Aufgabe gestellt, dein Bruder zu sein wird sehr schwierig sein, ich muss dich vor den bösen Jungs beschützen.« Sie lachten und genossen die Gesellschaft des anderen. Am nächsten Tag in der Arbeit nannten sie sich bereits Bruder und Schwester, das gaben sie natürlich durch Scherze an das Team weiter.

Dieser Freitag war ein harter Arbeitstag für Emina. Wegen der hohen Belastung wurde sie sehr müde. Sie wartete ungeduldig auf das Ende des Arbeitstages und sagte Senad sogar, dass sie nicht die Kraft habe auszugehen, sich aber zu Hause ausruhen werde. Als Emina nach Hause ankam, wartete die Großmutter wie jeden Tag mit dem Mittagessen auf sie. Während sie aßen, lobte sich die Großmutter selbst.

»Der Frühling hat im großen Stil begonnen und ich habe den Garten noch nicht hergerichtet. Heute Morgen habe ich Blumen zum Pflanzen im Garten und Kräuter gekauft.«

»Ich helfe dir«, bot Emina an.

»Vielen Dank, wenn du keine anderen Pläne hast, werden wir es gemeinsam besser gestalten.«

Oma dachte nicht einmal, dass Emina von der Arbeit müde sein könnte, sie wusste, dass sie normalerweise freitags mit Senad ausging.

Emina war ihrer Großmutter nie böse, aber als sie sah, wie viele Blumen sie mitgebracht hatte, wurde sie sauer und sprach mit erhobenem Ton auf sie ein.

»Warum bist du ohne mich einkaufen gegangen? Wie hast du die ganzen Blumen und Kräuter allein mitgebracht? Wir hätten morgen zusammen gehen können, ich hätte dir geholfen.«

Emina wollte nicht, dass Oma jetzt, da sie wieder zuhause war, allein einkaufen geht. Da sie kein Auto besaßen, mussten sie alles von Hand tragen.

Oma unterbrach sie: »Ich habe es nicht selbst getragen, sonst hätte ich es nicht gekauft, aber mein Nachbar Hamza war im Laden und hat mir angeboten, mich nach Hause zu fahren, und als er mir das angeboten hat, habe ich die Gelegenheit genutzt.«

Als Emina das hörte, änderte sich ihre Stimmung, sie erinnerte sich an Omar, wurde nicht mehr müde und fügte ihrer Großmutter hinzu: »Es ist okay, Oma, ich habe keine Pläne. Ich werde heute Abend nicht einmal ausgehen, wir können es gemeinsam pflanzen.«

Nach dem Abendessen ruhten sie sich aus und gingen anschließend gemeinsam in den Garten, um Pflanzen und Blumen einzusetzen. Sie unterhielten sich und Emina musste ihre Großmutter nicht ausfragen, um etwas über Omar herauszufinden. »Ich fragte Hamza nach Omar«, Großmutter begann ihre Geschichte mit der Frage, ob er noch mit dieser steifen Hana zusammen sei.

»Warum steif?«, fragte Emina.

»Sie ist irgendwie unfreundlich, sogar Hamza hat eine solche Meinung, aber er sagt, dass er sich nicht in die Wahl seines Sohnes einmischen will. Alle in der Nachbarschaft sagen dasselbe und ich habe sie neulich getroffen, sie hat mich nicht einmal gegrüßt. Sie war zusammen mit Omar dort, er begrüßte mich höflich und sie sah mich nicht einmal an.« Sie führte weiter aus, er hätte aber eine bessere Frau finden können.

Während die beiden redeten, unterbrach sie eine sanfte Stimme. »Guten Tag, liebe Nachbarinnen«, sie wurden von Katarina begrüßt, einer Frau aus dem Nachbarhaus, die, als sie und Emina noch Kinder waren, jeden Tag zusammenspielten. Später, nach der Grundschule, gingen beide getrennte Wege. Katarina war jetzt Lehrerin.

»Guten Tag«, antworteten beide gleichzeitig.

Katarina kam auf sie zu und begann ein Gespräch.

Katarina erzählte unter anderem, dass sie ihren Seelenverwandten noch nicht gefunden habe. Sie beschwerte sich, dass sie niemanden habe, mit dem sie ausgehen könne. Als Katarina ihre Geschichte beendete, dachte Emina, dass sie trotz ihrer großen Müdigkeit heute Abend, wenn sie etwas trinken gehen würden, ihre alte Freundschaft erneuern könnten, und sagte.

»Katarina, ich habe eine Idee, lass uns heute Abend etwas trinken gehen, einen Spaziergang durch die Stadt machen, wir arbeiten morgen definitiv nicht, wir können uns schön ausruhen.«

»Gerne«, rief Katarina richtig glücklich. »Ich fahre«, fügte sie hinzu, »ich hole dich genau um 20:00 Uhr ab, sei bereit.« Sie drehte sich um und rannte nach Hause.

Oma und Emina hatten ihre Arbeit erledigt, und Emina machte sich daran, sich hübsch zu machen. Es dauerte nicht lange: Sie duschte, band ihre Haare zu einem Pferdeschwanz und zog wie gewohnt Jeans und ein Hemd an. Wenig später hupte Katarina. Emina rannte aus dem Haus und die beiden gingen in die Stadt. Natürlich betraten sie das Café, in dem Emina und Senad jeden Freitag ausgingen. Auf dem Weg nach drinnen suchte Emina nach einem freien Platz und bemerkte Senad, er war bereits im Café und saß an dem Tisch, an dem sie normalerweise saßen, wenn er frei war. Emina fühlte sich unwohl, ihn zu sehen, da sie ihm gesagt hatte, dass sie nicht ausgehen wird, weil sie müde sei. Die beiden näherten sich dem Tisch, Emina entschuldigte sich bei Senad und erklärte, wie sich der Plan geändert hatte. Danach lernte Emina Katarina und Senad kennen und beide stimmten Senads Bitte zu, am selben Tisch zu sitzen. Sie redeten und scherzten bis zum Ladenschluss.

Auf dem Heimweg fragte Katarina nach Senad. Sie gestand Emina, dass sie ihn mag.

»Super, dann kannst du jeden Freitag mit uns ausgehen.«

»Geht ihr immer zusammen aus, seid ihr beide ein Paar?«, hatte Katarina Angst.

»Nein, wir sind Schwester und Bruder«, lachte Emina und erzählte den Witz, natürlich verschwieg sie dabei einen Teil der Geschichte.

Emina freute sich für sie und versprach ihr, Senads Eindrücke von ihr mitzuteilen.

Emina schaffte es trotzdem, sich über das Wochenende auszuruhen und kam gut gelaunt und ausgeruht zur Arbeit. Sobald sie Senad sah, fragte sie, was seine Eindrücke von Katarina seien.

»Ähm, ja, Katarina ist eine schöne und kluge Frau, aber ich weiß nicht, ob sie mein Typ ist«, sagte er. Emina runzelte die Stirn.

»Na ja, das ist der erste Eindruck, gib dir Zeit, wir gehen jetzt zu dritt aus, vielleicht wird daraus etwas mehr, wenn du sie besser kennenlernst, Bruder«, fügte sie lachend hinzu.

Die drei gingen weiterhin gemeinsam aus. Da sie schon öfter zusammen unterwegs gewesen waren und Senad begann, Katarina mit anderen Augen zu sehen, mischten sich zunehmend neue Gedanken in sein Inneres. Katarina war von Natur aus eine fröhliche Frau – stets lächelnd, liebenswert und darüber hinaus äußerst ehrlich und direkt.

Einige Monate später beendeten Emina und Senad ihr Praktikum.

In dem Krankenhaus, in dem sie arbeiteten, bestand Bedarf an einem Allgemeinarzt. Es wurde eine Stelle ausgeschrieben und beide bewarben sich. Darauf hatten sie sich geeinigt und sie würden nicht böse sein, wenn einer von ihnen den Job bekäme.

Nach einiger Zeit erhielt Emina eine positive Antwort und wurde auf unbestimmte Zeit als Ärztin für Allgemeinmedizin eingestellt. Sie freute sich darüber, war aber gleichzeitig auch traurig wegen Senad.

Sie beschloss, einen engen Freundeskreis zum Feiern in ein nahegelegenes Restaurant einzuladen. Sie schickte Einladungen an Senad, Katarina, ein paar Freunde aus dem Krankenhaus, mit denen sie sich gut verstand, und natürlich war der Ehrengast ihre Großmutter Jasmina. Ohne es zu wissen, entschied sie sich für das Restaurant, in dem Hana und Omar normalerweise zum Abendessen kamen.

Senad bot an, Katarina, Emina und Oma abzuholen, damit auch Katarina an diesem Abend vom Autofahren befreit war.

Am Tag vor der Feier beschloss Oma Jasmina, ein ernstes Gespräch mit Emina zu führen, und so kamen sie beim Morgenkaffee ins Gespräch.

»Emina Schatz, versteh mich nicht falsch, aber bitte erfülle mir einen Wunsch. Lass uns für dich und mich in die Stadt gehen, um ein Kleid für morgen zu kaufen. Ich möchte nicht, dass du zu einer so wichtigen Feier Hosen trägst. Bitte mach es für mich.«

»Bin ich für dich nicht schön, unabhängig vom Kleidungsstil? Du weißt, ich bin kein Fan von Kleidern«, protestierte Emina, blickte ihre Großmutter vielsagend an und beschloss, ihr eine Freude zu machen. »Okay, Oma, ich mache das für dich. Lass uns gleich nach dem Frühstück losgehen.«

Während Emina den Tisch abräumte, rief Großmutter Katarina an, um sie zu fahren und bei der Auswahl zu helfen.

Während sich die beiden anzogen, wartete Katarina im Hof. Als Emina das Haus verließ, sah sie Katarina warten und blickte ihre Großmutter mit einem leichten Lächeln an, wohl wissend, dass sie sie eingeladen hatte.

In einer nahegelegenen Ladengalerie machten sie sich auf die Suche nach einem Kleid. Sie besuchten Geschäfte, legten gelegentlich eine Getränkepause ein und machten weiter. Es dauerte lange, bis sie endlich das richtige Kleid gefunden hatten.

»Wir müssen nur einen Termin im Kosmetiksalon zum Schminken vereinbaren«, sagte Großmutter Emina.

»Nein, du übertreibst, Oma, das werde ich auf keinen Fall tun.«

»Aber man muss sich schminken, ein Kleid kann man nicht ungeschminkt tragen«, fuhr Oma fort, »zeig mir bitte, wie es aussehen würde.«

Oma war hartnäckig, also beschloss Emina, spontan ein paar Dinge zu kaufen und sich selbst zu schminken. Sie kaufte Lippenstift, Kajal, ein paar Lidschatten, statt Puder nahm sie Nivea-Farbcreme und das war alles.

Emina hat das Shoppen nicht genossen, während die Großmutter trotz ihrer eigenen Müdigkeit sichtlich Spaß hatte – in dem Wissen, dass ihre Enkelin in dem Kleid strahlen würde. Jasmina genoss es, gut auszusehen, sie achtete auf jedes Detail wie die Garderobe und das Make-up. Sie war immer schick gekleidet. Sosehr sie sich auch bemühte, Emina das zu vermitteln, es gelang ihr nicht. Sie hielt es für sehr wichtig, dass jede Frau gut aussieht.

Sie kehrten nach Hause zurück und brauchten eine Pause von einem anstrengenden Tag.

Am nächsten Tag war Katarina die Erste, die sich für die Feier fertig machte. Bereits um 18:30 Uhr erschien sie bei Oma Jasmina und Emina. Sie war ganz in Grün gekleidet, trug ein langes grünes Kleid, Schuhe und eine Handtasche, nur die Farbtöne waren unterschiedlich.

»Wow«, sagte ihr Oma Jasmina, »du siehst wundervoll aus.« Das bestätigte auch Emina, die selbst noch gar nicht angefangen hatte, sich fertig zu machen.

Anstatt ihr für die Komplimente für ihr Aussehen zu danken, kritisierte Katarina Emina ebenfalls.

»Bist du noch nicht fertig, beeil dich, ich helfe dir. Zieh dich zuerst an, ich glätte dir deine Haare und trage dein Make-up auf.«

Emina eilte ins Zimmer. Nach kurzer Zeit kam sie in einem Kleid heraus, das sie erst gestern gekauft hatte. Katarina schminkte sie und glättete ihre Haare.

In der Zwischenzeit war Oma schon bereit zu gehen. Sie sah wie immer ordentlich und gepflegt aus.

Als sie gestern nach dem Kleid gesucht hatten, vergaßen sie ein sehr wichtiges Detail. Emina hatte keine passenden Schuhe zum Kleid und gestern dachte keiner daran, sie fokussierten sich nur auf das Kleid. Emina geriet in Panik und schrie.

»Siehst du, ich brauchte dieses Kleid nicht, was soll ich jetzt tun, ich habe keine passenden Schuhe zum Kleid.« Sie war außer sich.

Katarina fiel ein, dass sie Schuhe hatte, also schlug sie vor: »Emina, ich habe eine Lösung. Ich habe Schuhe, die zu deinem Kleid passen, Größe 37, zum Glück tragen wir beide die gleiche Größe, ich werde sie holen.« Sie kam schnell mit den Schuhen zurück. »Lass es mich versuchen«, nahm Emina Katarina die Schuhe aus den Händen, zog sie schnell an und atmete erleichtert auf. Die Schuhe waren ein Hit. In diesem Moment klingelte es an der Haustür. Es war Senad, wie er es ihnen versprochen hatte.

Eine nach der anderen verließen sie das Haus, zuerst Großmutter, Katarina, dann Emina. Senad begrüßte die Großmutter höflich, zwinkerte Katarina leicht zu und sagte, wie gut sie aussehe, und als er Emina sah, schnappte er vor Staunen nach Luft. Er sah sie zum ersten Mal in einem Kleid und mit Make-up. Sie war eine andere Person.

»Wow, Schwester, du siehst aus wie eine Königin.«

Sie eilten zum Auto. Auf sein Drängen hin saß die Großmutter vorne und die anderen beiden hinten.

Als sie im Restaurant ankamen, hielt Senad das Auto direkt vor dem Eingang an, um ihnen beim Aussteigen zu helfen. Er öffnete die Tür, reichte der Großmutter die Hand und half ihr heraus. Zu diesem Zeitpunkt waren Emina und Katarina bereits draußen. Senad kehrte zum Auto zurück, um es umzuparken.

In dem Moment, als Senad das Fahrzeug parkte, öffnete Emina die Tür des Restaurants, damit Großmutter und Katarina zuerst eintreten konnten. Als sie hinter ihnen an dem für sie reservierten Tisch sah, dass einige der Gäste bereits angekommen waren, ging sie auf den Tisch zu und begrüßte die Gäste höflich. Katarina hat sich bereits eingefunden. Bald trat auch Senad ein. Emina bemerkte, dass Oma nicht am Tisch saß, und da sie als Erste hereinkam, hätte sie schon da sein sollen. Als sie sich umdrehte, sah sie ihre Großmutter, die sich am Tisch gegenüber mit jemandem unterhielt. Sie beschloss, zu ihrer Großmutter zu gehen, um sie darauf aufmerksam zu machen, sich den Gästen zu widmen.

Auf dem Weg zu ihrer Großmutter bemerkte sie, dass die Großmutter an dem Tisch stehen geblieben war, an dem Omar saß, und mit ihm plauderte. Emina blieb stehen und wusste nicht, was sie als Nächstes tun sollte, ob sie zurückkehren oder weiterlaufen sollte. Doch ihr gelang weder das eine noch das andere, ihre Beine verrieten sie. Sie hatte das Gefühl, sie würde zusammenbrechen. Die Großmutter bemerkte sie und sagte: »Komm, Emina, ich möchte dich mit Omars Freundin bekannt machen«, da Emina sie noch nicht kannte. Emina bewegte mühsam ihre Beine, näherte sich dem Tisch, reichte Hana die Hand und als sie sie ansah, konnte sie sehen, wie schön Hana war, aber zu viel Make-up für Eminas Geschmack. Sie spürte Omars Blick auf sich, sah ihn an und nickte nur errötend.

Die Großmutter hatte Omar bereits den Grund für ihren Besuch genannt. Also reichte Omar Emina die Hand und sagte: »Herzlichen Glückwunsch zu deinem Erfolg, Nachbarin. Ich weiß nicht, wie du das so schnell geschafft hast. Ich habe vergessen, dass es dich überhaupt gibt! Man sieht sich nicht. Gehst du überhaupt aus?«

»Danke«, antwortete Emina und dachte: Wie oft bin ich schon an dir vorbeigegangen, Blödmann. Sie empfand Wut. War es möglich, dass er sie nie bemerkt hatte? Sie dagegen kennt seit ihrem fünfzehnten Lebensjahr jedes Treffen, jedes Datum und jeden Zeitpunkt der einzelnen Begegnungen. Sie war wütend, dass sie Oma an der Hand zog: »Lass uns gehen, Oma, die Gäste warten«, und ging auf ihre Gäste zu.

Omar schaute nach Emina. Ihm fiel auf, wie schön und

natürlich sie war. Er fragte sich, wie es möglich war, dass er sie nicht früher bemerkt hatte, wie es sein konnte, dass eine solche Schönheit seiner Aufmerksamkeit entgangen war. Emina trug ein knielanges hellrosa Kleid, das ihre schlanke Figur betonte. Es war vorne geschlossen und hatte hinten einen tiefen Ausschnitt. Rosafarbene Schuhe mit hohen Absätzen betonten ihre schlanken Beine noch mehr. Ihr leicht geschminktes Gesicht strahlte natürliche Schönheit aus. Omar blickte ihr nach und lächelte leicht, denn es war klar, dass Emina kein Fan von High Heels war.

»Hallo, ich bin bei dir«, unterbrach Hana und lächelte leicht. Hana war auf keine Frau eifersüchtig, sie war sich ihrer Schönheit bewusst.

Emina kehrte zu ihren Gästen zurück, setzte sich an den Tisch und drehte Omars Blick den Rücken zu. Sie konnte ihn nicht sehen, aber sie spürte seine Anwesenheit. Sie versuchte, sich auf die Gäste zu konzentrieren. Katarina wie auch Senad bemerkten die Veränderung bei Emina, aber sie behielten es für sich und fragten nicht, worum es ging. Sie beschlossen, Spaß zu haben, also tanzten Senad und Katarina. Emina boten sie es auf keinen Fall an, denn sie wussten, dass sie nicht gut darin war, in High Heels zu laufen, geschweige denn zu tanzen.

Eminas Stimmung änderte sich, als sie sah, wie Hana und Omar gingen. Den Rest des Abends versuchte sie, die Gesellschaft zu genießen.

Auf dem Weg zur Wohnung waren Hana und Omar jeweils in ihren eigenen Gedanken. Omar dachte an Emina, sie war ihm so nah und doch so weit weg. Ungeachtet der Tatsache, dass sie bereits Lippen, Brüste und Gesäß vergrößert hatte, dachte Hana über neue Eingriffe nach, sie wollte noch mehr, noch größere Brüste, Gesäß, Lippen, sie war nicht ganz zufrieden. In ihrem Kopf schmiedete sie Pläne für die nächsten Termine. Sie sagte nichts zu Omar, genau wie die vorherigen Male, als sie von der Verabredung zurückkam, sagte sie ihm, dass es eine Überraschung für ihn sei, sodass er keine Chance hatte, sie aufzuhalten, aber immer, wenn er sagte, dass es nicht nötig sei, hoffte er, dass Hana damit fertig war.

Warum denke ich die ganze Zeit an Emina, fragte sich Omar. Er schüttelte schnell den Kopf und umarmte Hana. Als sie in die Wohnung hereinkamen, brauchten sie beide ein Bad. Sie stiegen gemeinsam in die Badewanne und genossen das Bad und rannten vom Badezimmer ins Schlafzimmer und versuchten zu sehen, wer als Erster ins Bett gelangte. Es war Omar.

»Da ich zuerst angekommen bin, werde ich der Erste sein, der das Gespräch beginnt. Ich möchte über unsere Zukunft sprechen«, sagte Omar. Er berührte Hana an ihrer Schulter und fuhr dann fort. »Ich möchte heiraten und Kinder haben.«

Hana sah ihn wütend an und antwortete:

»Das kommt nicht infrage. Ich möchte keine Kinder, ich möchte meine Figur nicht zerstören. Was die Hochzeit betrifft, kann ich schon morgen mit den Vorbereitungen beginnen.«

Omar fühlte Traurigkeit in seinem Herzen und fügte hinzu: »Willst du wirklich kein eigenes Kind haben?«

»Nein, Omar, ein Kind ist eine große Verantwortung, und ich mag keine Verpflichtungen. Wir haben es doch schön so«, dieses Mal war sie ehrlich.

Da sie nicht weiter über das Thema sprechen wollte,

gähnte sie und sagte leise: »Ich bin müde«, und wandte sich von Omar ab, um zu schlafen. »Okay«, fügte Omar hinzu, »aber bitte fang noch nicht mit den Hochzeitsvorbereitungen an, das machen wir gemeinsam.«

Er war sehr wütend auf Hana. Zum ersten Mal dachte er: Denkt sie nur an sich selbst? Sie will keine Kinder, die Gesellschaft meines Vaters langweilt sie. Sie kocht, putzt, bügelt nicht gern. Hat sie irgendwelche Hobbys? Als er so nachdachte, sah er Hana lange an. Sie war für ihn hübscher gewesen, bevor sie ihre Attribute korrigiert hatte, aber jetzt war sie immer noch schön. Er fragte sich, warum sie nicht erwähnte, dass sie es tun werde. Er kam zu dem Schluss, dass Hana tatsächlich nur sich selbst liebt. Das wollte er jedoch nicht akzeptieren. Er drehte sich auf die andere Seite und versuchte zu schlafen. Doch das klappte bei ihm nicht, er fing an, an Emina zu denken.

Emina nahm sich bei der Arbeit fünfzehn Tage Urlaub. Sie wollte mit ihrer Großmutter verreisen, wohin sie wollte. Sie dachte, dass sie es ihr schuldig sei, um ihrer Großmutter in gewisser Weise die Fürsorge zurückzuzahlen, die sie ihr während ihrer Kindheit gegeben hatte. Jasminas Mann war nach nur drei Jahren ihres gemeinsamen Lebens bei einem Verkehrsunfall gestorben. Sie hatten einen Sohn, Zlatan, Eminas Vater. Nach dem Tod ihres Mannes kümmerte sich die Großmutter bis zu seiner Heirat mit Eminas Mutter um ihren Sohn. Jasmina hatte keinen Platz für eine neue Liebe, denn ihre ganze Liebe galt ihrem Sohn. Als Eminas Eltern, der Sohn der Großmutter und ihre Schwiegertochter eine Tochter, Emina, bekamen, kam es zu Meinungsverschiedenheiten zwischen Zlatan und seiner Frau. Sie stritten sich jeden Tag und nach fünf Jahren Ehe trennten sie sich. Nach der Scheidung fand jeder von ihnen einen neuen Partner. Beide gingen mit ihren Partnern ins Ausland und ließen Emina bei ihrer Großmutter Jasmina zurück. Emina war damals erst fünf Jahre alt gewesen.

Als Emina das alles erfuhr, bekam sie Mitleid mit ihrer Großmutter, denn diese widmete fast ihre ganze Jugend Eminas Vater und dann ihr. Oma verbrachte ihr ganzes Leben damit, sich um andere zu kümmern, sie hatte keine Zeit für sich. Sie reiste sehr wenig, fast gar nicht.

Als sie von der Arbeit zurückkam, sagte Emina zu ihrer Großmutter:

»Oma, ich habe eine Überraschung für dich. Ich habe fünfzehn Tage Urlaub genommen und überlasse es dir, wohin wir gehen. Ich möchte, dass wir diese Zeit dort verbringen, wo du willst. Ich möchte, dass du in dieser Zeit nicht putzen und kochen und nicht an Ausgaben denken musst, das alles geht auf meine Kosten. Seitdem ich angefangen habe zu arbeiten, habe ich für unseren ersten gemeinsamen Urlaub gespart.«

Als die Großmutter das hörte, weinte sie, umarmte Emina und antwortete: »Schatz, du bist die Erste, die mir einen Urlaub anbietet. Sogar mein Zlatan hat mich nie gefragt, ob ich mit ihm verreisen würde.«

Jasmina beruhigte sich von ihrer Aufregung und fügte hinzu: »Komm schon, Schatz, setz dich hierher«, und zeigte auf den Sitz neben ihr auf dem Sofa. »Ich möchte mit dir über etwas anderes reden.«

Emina setzte sich besorgt neben sie. »Sag Oma, du machst mir Sorgen, was ist passiert, worüber sollen wir reden?«

»Nein, es ist nichts passiert, keine Sorge, aber ich wollte schon lange mit dir über das nächste Thema sprechen. Du weißt, wie ich mich um deinen Vater und dann um dich gekümmert habe. Nur, bitte versteh mich nicht falsch – es war nicht schwer für mich, ich habe es gerne getan. Aber all die Zeit war ich allein. Wenn ich jetzt an die Vergangenheit denke, wünschte ich, ich hätte einen Mann an meiner Seite gehabt, jemanden, der mich unterstützt, ein Gespräch, wenn ich es gebraucht hätte. Ich habe meinen Mann, deinen Großvater, sehr geliebt, aber da ich meine ganze Energie nur auf meinen Sohn konzentrierte, hatte ich keine Zeit, eine neue Beziehung einzugehen. Es gab Momente, in denen es für mich schwierig war, aber ich hatte niemanden, mit dem ich es teilen konnte. Für mich ist es jetzt zu spät. Ich wollte dir sagen: Du hast das Studium abgeschlossen, einen festen Job bekommen, ein gutes Gehalt, aber du hattest nie einen Freund, keine Beziehung. Das macht mir Sorgen, ich möchte nicht, dass du so allein bist wie ich. Deshalb habe ich dir gesagt, dass du mich nicht falsch verstehen sollst. Ich liebe dich mehr als alles andere auf der Welt, natürlich möchte ich nie, dass du mich verlässt, aber um deinetwillen solltest du trotzdem jemanden haben. Dein Leben wird schöner. Ich werde jedes Jahr älter und möchte dich für den Rest meines Lebens glücklich sehen.«

Da die Großmutter ehrlich zu Emina war, beschloss sie schließlich, ihr Geheimnis mit der Großmutter zu teilen.

»Oma, es tut mir leid, dass ich es dir nicht früher gesagt habe, es war mir peinlich und ich ging davon aus, dass du mir gesagt hättest, dass er nichts für mich ist. Ich mag Hamzas Omar, seit ich fünfzehn bin, ich weiß, dass es dumm klingt. Ich weiß auch, dass Omar eine Freundin hat, aber ich kann nicht anders. Bitte kritisiere mich nicht.«

Als die Großmutter Emina zuhörte, lachte sie leicht und sagte: »Gott sei Dank, das ist es. Ich dachte, es wäre etwas anderes.«

Dann lachten beide. Emina müsse um Omar kämpfen, riet ihr die Großmutter, und sie dachte bei sich: Warum Omar? Du verdienst etwas Besseres.

»Ach Oma, kannst du dich selbst hören, was sagst du? Omar ist vergeben.«

»Ich weiß, Schatz, aber es scheint mir, dass er nicht glücklich ist und sie sich noch nicht einmal verlobt haben.«

»Wie auch immer, Oma, ich möchte nicht, dass irgendjemand davon erfährt. Bitte versprich mir, dass du niemandem mein Geheimnis verrätst. Ich möchte nicht kämpfen und ich weiß auch nicht, wie ich um einen vergebenen Mann kämpfen soll.«

»Okay Schatz, ich werde dich nicht verraten, das verspreche ich.«

Emina umarmte sie fest und küsste sie. »Meine liebste Oma.«

Oma schob sie von sich weg und fragte: »Wann fahren wir in den Urlaub?«

»In einem Monat«, antwortete Emina.

»Entscheide du, wohin wir gehen sollen. Wir haben nicht viel Zeit, wir müssen reservieren, die Hotels sind bereits voll, wir müssen uns beeilen.«

Oma war glücklich und machte sich sofort auf die Suche nach Reisezielen, die sie besuchen wollte.

Wie Oma Jasmina vermutet hatte, blühten Omar Rosen

nicht mehr wie zu Beginn der Beziehung mit Hana. Hana wurde immer anspruchsvoller. Sie fuhr einen Monat lang in den Urlaub, ohne Omar zu sagen, wohin. Es war doof für ihn, dass seine Freundin ging, wann und wohin sie wollte, ohne es ihm zu sagen oder ihn mitzunehmen. Er verstand, dass sie auch Zeit mit ihren Freundinnen brauchte, aber jeden Urlaub, der länger dauerte, verbrachte sie angeblich mit ihren Freundinnen und kam mit einigen Korrekturen an ihrem Körper zurück.

Trotzdem rief ihn Hana jeden Tag an. Sie sagte ihm, dass sie ihn liebte und vermisste und das Telefonat war schnell beendet.

Es begann Omar zu stören, es drückte ihm in die Brust, er verstand sie nicht mehr.

»Mit wem bist du gereist, meine Liebe?«, fragte Omar in einem Gespräch.

»Diesmal allein«, antwortete sie. »Großartig, komm und sag mir, wo du bist, ich bin gleich da.«

»Nein, nein, ich will nicht, ich komme bald zurück, ich brauche den Urlaub, ich will alleine sein. Du musst mich verstehen, Liebster«, fügte sie sanft hinzu und legte auf.

Nach dem Gespräch fragte sich Omar, wovon sie einen Urlaub brauchte, was sie jetzt vor ihm verheimlichte und womit sie ihn dieses Mal überraschen würde. Er hatte das Gefühl, dass er sie überhaupt nicht mehr wollte, während er zuvor ungeduldig auf ihre Rückkehr gewartet hatte. In diesem Moment brach etwas in ihm zusammen. Er war sich über dieses Gefühl nicht ganz im Klaren.

Da sein Tag anstrengend war, rief er seinen Vater an, da er ihn nicht in der Firma gesehen hatte, damit sie gemeinsam zu Abend essen konnten. Sie verabredeten sich wie üblich um 19:00 Uhr im selben Restaurant.

Sie trafen pünktlich ein. Sobald sie das Abendessen bestellt hatten, betraten Nachbarin Jasmina und ihre Enkelin Emina das Restaurant. Hamza bemerkte sie als Erster und stand schnell vom Tisch auf, um seine Nachbarin Jasmina anzusprechen. Er bot ihnen an, sich an ihren Tisch zu setzen. Oma war im Moment verwirrt, beruhigte sich aber schnell, als sie sah, dass auch Omar am selben Tisch saß.

»Ja, ja, natürlich können wir uns an euren Tisch setzen, ich freue mich sehr darauf, wir haben uns schon lange nicht mehr gesehen.«

Als Emina Omar sah, wurde sie rot im Gesicht und stammelte: »Oma, komm, lass uns an einen anderen Tisch gehen«, ohne zu wissen, wie sie es rechtfertigen solle, führte sie fort, »lass uns nicht stören, vielleicht wollen die Herren beim Abendessen über die Arbeit reden oder über etwas anderes Wichtiges.«

Bevor Oma etwas sagen konnte, war Hamza schnell und sagte zu Emina: »Wir haben nichts über die Arbeit zu besprechen. Wir reden über geschäftliche Themen bei der Arbeit und würden uns freuen, wenn ihr beim Abendessen zusammenkommt. Ich habe meine Nachbarin Jasmina immer geschätzt, ich teile gerne Nachbarklatsch mit ihr.« Er lachte und fügte hinzu: »Wir Singles verstehen uns.«

Emina hatte keine andere Wahl, als sich ihnen anzuschließen. Wie immer trug sie kein Make-up, sondern Jeans und sogar ihre Haare waren zu einem Pferdeschwanz zusammengebunden.

Sie redeten über alles Mögliche. Oma war überrascht, dass Hana nicht bei ihnen war, also fragte sie:

»Omar, wo ist die schöne Hana?«

Omar zögerte ein wenig mit der Antwort und sagte schließlich: »Sie fuhr in den Urlaub.« Und er fügte schnell hinzu: »Ich konnte nicht mit, ich bin zu sehr mit der Arbeit beschäftigt.«

Hamza lachte ironisch.

Oma bemerkte das und vermutete, dass in der Beziehung etwas nicht stimmte.

Emina fühlte sich schlecht, dass ihre Großmutter überhaupt nach Hana fragte. Sie aßen zu Abend und unterhielten sich. Thema folgte auf Thema. Omar hatte die Gelegenheit, Emina besser kennenzulernen.

Irgendwann hörte man am Nebentisch, an dem eine junge Frau mit einem Baby saß, das Schreien des Babys. Emina schaute in diese Richtung und sah, dass die Frau ihr Abendessen essen wollte, das fast unberührt vor ihr stand, aber sie konnte nicht, weil sie ihr Baby beruhigte. Sie stand hinter ihrem Tisch auf und bot ihr an, ihr bei dem Baby zu helfen, damit die Frau mit dem Abendessen fertig würde. Es war offensichtlich, dass die Frau erleichtert war und ohne zu zögern überließ sie Emina, sich um das Baby zu kümmern. Emina nahm es und brachte es zu dem Tisch, an dem sie saß. Als das Baby weiter weinte, entschuldigte sich Emina bei Hamza und Omar, nahm ihre Tasche, öffnete sie und nahm einen kleinen Gegenstand heraus, um das Baby abzulenken. Als sie jedoch den Hausschlüssel nahm, neben dem sich noch zwei weitere Schlüssel am Anhänger befanden, beruhigte sich das Baby und lauschte dem Klirren der Schlüssel. Omar beobachtete, wie Emina mit viel Geduld und Zärtlichkeit mit dem Baby sprach und versuchte, es aufzumuntern, was ihr gelang. Schon nach wenigen Augenblicken war das Klirren von Schlüsseln und das Lachen des Babys zu hören. Das Baby warf hin und wieder einen Blick auf Omar, als wollte es ihn dazu auffordern, ebenfalls mit den Schlüsseln zu spielen. Omar fing diesen zarten, unschuldigen Kinderblick auf, und sein Herz wurde weich. Er verspürte den Wunsch, das Baby selbst in den Armen zu halten. Doch er fasste sich schnell und fragte:

»Möchte noch jemand etwas trinken?«

Oma antwortete zuerst: »Nein Omar, danke«, und Hamza antwortete auch, wogegen Emina Omars Frage nicht einmal hörte. Sie konzentrierte ihre ganze Aufmerksamkeit auf das Baby.

Die Frau beendete ihr Abendessen in Ruhe und dankte Emina, nahm ihr das Baby ab und verließ das Restaurant.

Als Omar das sah, dachte er, Emina sei die schönste Frau der Welt. Er fragte sich, wie seine Mutter ihn damals verlassen hatte und weit fort gehen konnte. Er erinnert sich, dass sie nie nach ihm gesucht und dass Hamza nie über sie gesprochen hatte. Einen Moment lang war er verwirrt, weil er nicht einmal wusste, was die Liebe einer Mutter bedeutete, dieses Gefühl war ihm unbekannt. Ihm gefiel diese Szene, und jetzt sah er Emina mit anderen Augen, so, wie sie ihn heimlich ansah.

Sie beendeten das Abendessen, verabschiedeten sich voneinander und gingen nach Hause.

Unterwegs sagte Hamza, dass Emina eine wundervolle Frau sei, und Omar bestätigte dies mit einem Kopfnicken. Sie trennten sich auf halbem Weg, Hamza ging nach Hause und Omar lief zu seiner Wohnung. Emina kam ihm in den Sinn, er machte einen Vergleich zwischen Hana und Emina, sie waren wie zwei verschiedene Welten. In Gedanken erreichte er die Wohnung.

Als er die Wohnung betrat, bemerkte er, dass Hana angekommen war. Mit einem Lächeln im Gesicht ging er in Richtung Schlafzimmer. Hana schlief bereits, er wollte sie nicht wecken, also legte er sich einfach neben sie. Es kam ihm vor, als würde er sich neben jemand anderen legen, er wollte das Licht nicht anmachen, um sie nicht aufzuwecken. Er drehte sich auf die Seite und versuchte zu schlafen. Sein Kopf war durcheinander, er dachte an Emina, egal wie sehr er versuchte, diese Gedanken loszuwerden, es gelang ihm nicht. Er war wütend auf sich selbst, weil er sie nicht aus seinem Kopf bekommen konnte, also beschloss er, persönlich das Frühstück für Hana zuzubereiten, um sich selbst zu beweisen, dass er Hana immer noch liebte.

Er war früh aufgestanden, hatte den Tisch gedeckt und den Kaffee genau so gekocht, wie Hana ihn mochte. Dann machte er sich auf den Weg ins Schlafzimmer, um sie mit einem Kuss zu wecken, da er fand, es sei an der Zeit, aufzustehen. Und da sie so lange voneinander getrennt gewesen waren, war er sicher, dass sie ihm nicht böse sein würde, sie etwas früher zu wecken.

Die ersten morgendlichen Sonnenstrahlen drangen durch die Vorhänge der Fenster. Omar zog sie noch ein Stück weiter zur Seite, trat an das Bett heran und zog die Decke von Hana, mit der sie zugedeckt war. Doch dann blieb er wie erstarrt stehen. Er öffnete den Mund vor Staunen und konnte ihn eine ganze Weile nicht wieder schließen. Er hatte den Eindruck, dass er die hässlichste Frau der Welt vor sich sah, ihre Oberlippe lag direkt neben ihrer Nase, es schien, als ob sie an ihrer Nase festgeklebt wäre. Entsetzen überkam kein Gesicht: ihre Brüste sahen aus wie zwei Basketbälle oder zwei runde Wassermelonen. Als er nach unten schaute, sah er den bisher größten Hintern.

»Hana, um Himmels willen«, stammelte er und flog wie ein Blitz aus der Wohnung. Er konnte sich nicht beruhigen. Was sollte er machen? Omar drehte sich im Kreis. Voller Aufregung, ohne zu wissen wie, erreichte er seinen Vater.

Er drückte auf die Klingel und ließ sie nicht los, bis Hamza ihm die Tür öffnete.

»Was ist passiert, Omar?«, fragte Hamza erstaunt. Seit Omar von ihm weggezogen war, kam er noch nie so früh und auch nicht unangekündigt zu ihm.

»Frag mich nichts, mach uns Kaffee, ich erzähle dir alles, deshalb bin ich gekommen.«

Hamza beeilte sich mit dem Kaffee. Omar nahm den ersten Schluck und begann.

»Hamza, ich will nicht mehr in die Wohnung zurück,« begann Omar mit zitternder Stimme.

»Hana ist aus einem angeblichen Urlaub zurückgekehrt. Aber stattdessen hat sie sich wieder irgendwelche Körperteile vergrößern lassen – ohne mir auch nur ein Wort zu sagen. Sie sieht schrecklich aus, ich kann sie nicht einmal mehr ansehen. Diesmal hat sie es wirklich übertrieben. Ich kann mir nicht vorstellen, auch nur eine weitere Sekunde mit ihr zu verbringen. Sie hat mich zutiefst enttäuscht.«

Er seufzte schwer und blickte seinen Vater verzweifelt an. »Was soll ich tun, Hamza?«

»Ich werde ehrlich zu dir sein. Ich mochte sie nie. Als ich sie zum ersten Mal sah, wusste ich, dass sie voller Selbstbewusstsein war, schön, aber dumm. Tut mir leid, Omar, mein Sohn, aber so ist es. Meine Freunde haben mich oft gefragt, ob dein Omar eine bessere Freundin hätte finden können. Ich wollte mich nicht in deine Wahl einmischen. Du weißt, dass ich das nie getan habe. Aber wenn du dich so entschieden hast, dann geh nach Hause und dann redet ihr wie zwei Erwachsene. Trennt euch anständig.«

»Okay«, sagte Omar, »das mache ich, danke für den Rat.«

Er blieb noch eine Weile bei seinem Vater und kehrte in die Wohnung zurück.

Als er in der Wohnung ankam, sah er, dass Hana bereits frühstückte, sie stand neben dem Tisch und aß das Frühstück, das Omar zubereitet hatte. Als sie Omar sah, sagte sie überrascht zu ihm:

»Bist du ausgegangen, ohne mit mir gefrühstückt zu haben? Vielen Dank jedoch für das Frühstück.«

Omar antwortete nichts. Hana sah, dass Omar wütend war, also fragte sie weiter:

»Freust du dich nicht, mich zu sehen?«

Omar antwortete immer noch nichts.

»Bin ich nicht wundervoll?«, drehte sie sich fröhlich um, voller Selbstvertrauen und Stolz.

»Nein«, antwortete Omar, »nein, du bist nicht wunderbar für mich, leider bist du schrecklich. Ich würde gerne darüber reden, setz dich bitte.«

Ich kann mich nicht hinsetzen, schau dir meinen Hintern an. Ich kann mich nach der Operation noch mindestens acht Tage lang nicht hinsetzen, damit alles gut wird.«

Omar sah sie eine Weile an und fügte hinzu: »Ja, leider kann ich sie sehen, sie kann nicht unbemerkt bleiben, so wie sie ist. Hana, ich möchte es nicht in die Länge ziehen, ich möchte Schluss machen.«

Hana sah ihn überrascht an und fragte: »Was ist passiert?

Das kannst du mir nicht antun. Bist du wütend, dass du nicht mit mir in den Urlaub gefahren bist? Ich habe dich nicht angerufen, weil du in letzter Zeit sehr mit der Arbeit beschäftigt warst. Ich wusste, dass du meinen Reisewunsch ablehnen würdest. Ich wollte dich noch einmal mit meinem Aussehen überraschen. Ich möchte mich nicht trennen und ich werde die Wohnung nicht verlassen.«

Hana, die zu stolz war, kam nicht auf den Gedanken, dass ihre »Schönheit«, auf die sie stolz war, der Grund für Omars Verhalten war.

»Wegen deiner Überraschungen möchte ich Schluss machen. Weniger Überraschung wäre wirklich mehr gewesen. Du siehst schrecklich aus, Hana, du warst für mich die Schönste, als ich dich traf. Ich war nicht böse, selbst als du mir die erste Überraschung bereitet hast, auch nicht die zweite, die dritte, aber was du jetzt getan hast, übertrifft alle meine Befürchtungen. Ich kann nicht mit dir weitermachen. Ich zucke zusammen, wenn ich dich ansehe. Du hast es übertrieben, Hana, du hast es übertrieben.«

Hana hörte nicht auf ihn, sie machte auf ihre eigene Art weiter.

»Ich habe das für dich getan«, redete sie weiter, aber Omar unterbrach sie und sagte es laut und deutlich.

»Ich werde bei Hamza sein und möchte, dass du die Wohnung in ein paar Tagen verlässt. Ich möchte dich nicht gleich rausschmeißen, ich gebe dir Zeit, eine Wohnung zu finden.« Nachdem er das gesagt hatte, schlug er die Tür zu und verließ die Wohnung.

Er war so wütend, dass er zum Haus seines Vaters ging und dachte: Warum ist ihm nicht früher aufgefallen, dass Hana nichts Positives besaß? Sie hatte keine einzige Tugend, sie besaß nur Schönheit, jetzt hat sie auch diese nicht mehr. Seine Gedanken wanderten zu Emina, was für eine kluge Frau sie ist, dass Hana nicht einmal halb so gut ist wie sie. Aber was dachte so eine tolle Frau über ihn? Es werden wohl auch schlechte Dinge über ihn im Viertel gesprochen. Tausend Gedanken gingen ihm durch den Kopf.

Als Hamza ihn zurückkommen sah, wusste er, dass es kein zivilisiertes Gespräch gegeben hatte. Er freute sich tief in seiner Seele über die Trennung von Omar und Hana, er mochte diese Frau nicht.

»Du weißt, Omar, dass du immer auf mich zählen kannst. Bleib, so lange du willst«, sagte Hamza. »Jetzt beruhige dich und lass uns gemeinsam zum Mittagessen gehen.« Hamza versuchte, seinen Tag zu verbessern.

»Ich kann das Mittagessen kaum erwarten. Was soll ich sonst tun? Ich bin wütend auf mich selbst, weil ich mit gesunden Augen blind war. Ich verstehe diese Frauen nicht.«

»Such dir in Zukunft eine Frau, die dich versteht«, fügte Hamza lächelnd hinzu.

Wenig später kamen sie im Restaurant an. Während sie schweigend zu Mittag aßen, sah sich Hamza im Restaurant nach Jasmina oder Emina um, aber sie waren nicht da. Insgeheim hoffte Hamza, dass Omar sich eines Tages für Emina interessieren würde. Er wusste, wie wunderbar Jasmina ihre Enkelin großgezogen hatte. Emina wuchs zu einer schönen und klugen jungen Frau heran. Zum ersten Mal wollte er sich in Omars Liebesbeziehung einmischen, nicht ahnend, dass Omar schon lange von Emina träumte.

Omar unterbrach ihn in seinen Gedanken.

»Hamza, wovon redest du? Nicht du machst Schluss, sondern ich«, sagte Omar lächelnd zu ihm und versuchte ihm nicht zu zeigen, wie unglücklich er in diesem Moment war, wohl wissend, dass Hamza auch litt, wenn er litt. Er wusste, wie sehr sein Vater ihn liebte. Er war sich bewusst, wie falsch er Hamza gegenüber gehandelt hatte, und Hamza hatte ihm immer wieder verziehen. In diesem Moment entschied er, dass er ein besserer Mann sein würde und versuchte, die Angelegenheit mit Hana bestmöglich zu lösen. Plötzlich spürte er, wie müde er von dem Leben war, das er mit ihr verbracht hatte.

Nach dem Abendessen kehrten sie nach Hause zurück. Bei einer Schachpartie erzählte Omar es seinem Vater. »Hamza, ich möchte so ein Leben nicht mehr führen. Ich habe Frauen getauscht, ohne an die Zukunft zu denken. Ich habe alles auf die leichte Schulter genommen. Ich möchte eine Weile allein sein, ich möchte keine solche Beziehung. Ich möchte eines Tages eine Familie, eine Frau und Kinder haben. Ich würde gerne so eine Frau treffen, die das Gleiche will.«

Bei seiner Rede lächelte Hamza leicht, klopfte ihm auf die Schulter und fügte hinzu: »So eine gibt es auch in deiner Nähe.« Sie dachten beide an Emina und Hamza sprach den Namen von Jasminas Enkelin aus. Omar glaubte, dass sein Vater auch Emina mochte, also lächelte er leicht, ohne ihm zu sagen, dass Emina ihm schon vor langer Zeit unter die Haut gegangen war.

Drei

$\mathcal{E}$ mina und Oma waren bereits glücklich und zufrieden von ihrem Urlaub in Italien zurückgekehrt, wo sie den Gardasee, Venedig, Verona und Mailand besucht hatten.

Nach dem Urlaub begann Emina wieder zu arbeiten, während die Großmutter ihre Zeit allein verbrachte. Sie wollte hinausgehen, in ihr Lieblingscafé, um einen Kaffee zu trinken. Dort würde sie sicher jemanden aus der Nachbarschaft treffen, um zu erfahren, was es Neues gab und was sie während ihrer Abwesenheit verpasst hatte. Außerdem hatte sie Sehnsucht nach ihren Freunden, die sie sonst immer dort traf.

Als sie ins Café eintrat, ging Oma zu »ihrem Tisch« (sie nannte ihn so, weil sie fast immer dort saß, wenn der Tisch leer war). Als sie auf den Tisch zuging, spürte sie ein Klopfen auf ihrer Schulter und drehte sich um.

»Guten Tag, Nachbarin«, sagte Hamza.

»Guten Tag«, antwortete die Großmutter.

»Lass uns zusammensitzen«, bot Hamza ihr an.

»Ja, können wir«, antwortete die Großmutter und redete beim Hinsetzen weiter darüber, wie sie zwei Wochen lang mit Emina im Urlaub war.

»Für mich war es wunderschön. Meine Emina hat so hart für mich gearbeitet, dass ich mit Fug und Recht sagen kann: Diese zwei Wochen waren das Schönste, was mir in den letzten Jahren passiert ist.« »Sehr schön, deine Emina ist wunderbar«, fügte Hamza hinzu.

»Was gibt es bei dir?«, sagte Jasmina zu Hamza. »Bei mir gibt es wie immer, aber im Vertrauen, noch eine gute Nachricht. Mein Omar macht mit Hana Schluss. Es ist hässlich, das zu sagen, aber ich bin glücklich darüber. Ich mochte die Frau überhaupt nicht. Das habe ich Omar nie gesagt, ich wollte ihn nicht verletzen. Jetzt, wo er erkannt hat, dass sie nichts für ihn ist, kann ich endlich meine Meinung sagen.«

»Ich fand sie unsympathisch«, sagte Jasmina und dachte, wird es Schicksal sein, dass Omar Emina bemerkt? Sie wollte nur das Beste für Emina. Sie wusste, dass Omar der Einzige in ihrem Herzen war, obwohl sie dachte, Omar hätte sie nicht verdient, aber es gab immer noch Hoffnung für die beiden. Sie unterhielten sich weiter.

Als sie nach Hause kam, wartete Oma ungeduldig auf Emina von der Arbeit. Sobald Emina die Haustür öffnete, stürzte Großmutter auf sie zu.

»Emina Schatz, ich habe eine Überraschung für dich, aber nach dem Abendessen.«

»Komm schon, Oma, sag es mir jetzt, sonst hättest du es nicht andeuten sollen.«

»Nein, sei geduldig.«

Sie beendeten schnell das Abendessen, räumten den Tisch ab, und die Großmutter setzte sich an ihren Lieblingsplatz auf dem Zweisitzer und sagte mit der Hand auf den Platz neben ihr zeigend: »Komm, Schatz, setz dich hierher.« Als sich auch Emina an den Zweisitzer ihrer Großmutter setzte, begann sie mit der Geschichte.

»Weißt du, ich habe Hamza heute getroffen. Er hat mir erzählt, dass Hana und Omar Schluss gemacht haben.

Schatz, das ist deine Chance, kämpfe jetzt für deine Liebe.«
Als Nächstes erzählte Jasmina alles, worüber sie und Hamza
gesprochen hatten.

Emina, die leicht errötete, sagte schüchtern zu ihrer
Großmutter.

»Oma, das bist du nicht ...« sie stotterte.

»Nein, ich habe Hamza nichts von dir erzählt, ich habe
dir versprochen, dass ich es niemandem erzählen würde,
ich würde so etwas niemals tun. Wie kannst du das überhaupt denken?«

Emina war erleichtert.

»Oma, vielleicht ist es nur ein kleiner Streit zwischen
ihnen, vielleicht hat Hamza es falsch verstanden. Ich kann
nicht glauben, dass Omar eine so schöne Frau verlassen
würde (ohne zu wissen, dass Hana mittlerweile völlig anders aussah).«

»Warum nicht?«, sagte Oma. »Es geht nicht nur um
Schönheit. Frauen haben auch andere Eigenschaften, und
soweit ich das bemerkt und von anderen gehört habe, be-
sitzt diese Hana keine anderen Qualitäten.«

Emina waren die Worte ihrer Großmutter peinlich, dann
sagte sie zu ihr: »Komm schon, Oma, können wir nicht über
ein anderes Thema reden? Selbst wenn das, was du gesagt
hast, wahr ist, glaube ich nicht, dass es zwischen uns irgendetwas sein kann. Ich bin nicht schön genug für Omar.«

»Das stimmt nicht, Emina, du bist nicht nur schön, du
bist auch sehr schlau. Sei nicht so kritisch mit dir selbst.
Omar würde sich freuen, wenn er eine Freundin wie dich
hätte.« »Danke Oma für die netten Worte«, sagte Emina.
Sie umarmte Oma fest und sagte: »Oma, sei bitte nicht
böse, aber ich möchte eine Weile allein sein.«

Sie entfernte sich von ihrer Großmutter und ging in Richtung ihres Zimmers. Sie warf sich auf das Bett, drehte sich auf den Rücken und lächelte süß, das Lächeln verschwand schnell, als sie dachte: Ist das meine Chance? Hat Oma recht? Soll ich kämpfen? Aber wie? Ist es zwischen Omar und Hana wirklich aus? Wieder dieses unsichere Warten.

Während Emina noch tagelang von Omar fantasierte, wachte sie auf und dachte an Omar. Sie dachte an Omar bei der Arbeit, sie enthüllte sogar Katarina und Senad ihr Geheimnis.

»Das wussten wir schon lang«, prahlten sie.

»Aber wie?«, fragte Emina.

Katarina antwortete auf die Frage: »Senad und mir ist auf deiner Party aufgefallen, dass du dich anders verhalten hast, als du in der Nähe von Omar warst. Du hast es verheimlicht, aber es war klar, dass du ihm gegenüber nicht gleichgültig warst. Senad und ich haben mehrmals darüber gesprochen, aber wir wollten dir nicht sagen, dass wir es wussten, sondern wir haben darauf gewartet, dass du es uns sagst. Die Art und Weise, wie du Omar angesehen und dich in seiner Gegenwart verhalten hast, ist etwas, was nur Verliebte tun. Ich bin froh, dass du dein Geheimnis trotzdem mit uns geteilt hast, obwohl wir es wussten.«

Omar wurde von Tag zu Tag mürrischer und erschöpfter, Hana rief ihn jeden Tag an, sie wollte die Wohnung nicht verlassen, Omar war immer noch bei seinem Vater. Irgendwann beschloss er, sich bei seinem Vater zu beschweren und ihn um Hilfe zu bitten, obwohl es ihm peinlich war. Aber ihm fiel keine andere Lösung ein, also fing er an.

»Hamza, bitte hilf mir, Hana loszuwerden. Auf eine nette Art und Weise, wie du mir vorhin empfohlen hast, funktioniert es offensichtlich nicht. Gibt es eine andere Lösung?«

»Überlass es mir«, sagte Hamza, »ändere die Telefonnummer, und ich kümmere mich um den Rest. Bereits morgen werde ich eine Anzeige zum Verkauf der Wohnung aufgeben. Wir werden die Wohnung verkaufen und Hana muss ausziehen. Den Friseursalon soll sie behalten, denn das ist ihre Existenzgrundlage. Sie muss schließlich von etwas leben, und das ist genug von deiner Seite. Wenn du ihn ihr nimmst, bleibt ihr nichts mehr. Natürlich nur, wenn du einverstanden bist, mein Sohn.«

»In Ordnung, Vater, so soll es sein«, antwortete Omar mit einem Lächeln, umarmte Hamza und fügte hinzu: »Was würde ich nur ohne dich machen?«

»Ich bin immer für dich da, das weißt du«, erwiderte Hamza.

Da Hamza ein seriöser Geschäftsmann war, dauerte es nicht lange, bis er die Wohnung verkaufte. In kurzer Zeit zogen die neuen Eigentümer in die Wohnung ein und Hana zog aus. Während des Verkaufs der Wohnung hatte Hamza ein paar Diskussionen mit Hana, aber er wollte es Omar gegenüber nicht einmal erwähnen.

Nachdem er die Telefonnummer geändert hatte, hörte Omar nie wieder etwas von Hana. Er beschloss, sich noch mehr seiner Arbeit zu widmen, das verdankte er seinem Vater, er wusste nicht, wie er dem Mann danken sollte, der bereit war, absolut alles für ihn zu tun.

Katarina und Senad überraschten Emina mit der Nachricht über ihre Hochzeit, indem sie ihr die Rolle der Trauzeugin anboten.

»Du warst die Erste, die es erfahren hat«, sagte Katarina zu ihr.

«Wir werden die Einladungen drucken, ich möchte, dass du daran teilnimmst. Außerdem möchte ich dich fragen: Senad kam deinetwegen auf die Idee, Omar einzuladen. Senad kennt ihn nur oberflächlich. Es wird wahrscheinlich komisch wirken, aber sollen wir es trotzdem versuchen?«

»Nein!«, rief Emina schnell. »Auf keinen Fall, das kommt nicht infrage.«

»In Ordnung, wie du willst. Dann eben eine Einladung weniger«, meinte Katarina lächelnd.

Im nächsten Monat, bis zur Hochzeit, hatten Katarina und Emina alle Hände voll zu tun, sie mussten Einladungen drucken lassen, ein Hochzeitskleid kaufen. Emina brauchte ein Kleid für sich, Senad war für das bestmögliche Ambiente zuständig, ein Restaurant finden, eine Speisekarte auswählen, Musik, meistens hatten alle drei viele Aufgaben, manchmal sprang Oma Jasmina ein, um ihnen zu helfen.

Endlich atmeten sie auf, alles war bereit für die Hochzeit in zwei Tagen. Allerdings war noch unklar, wer die Braut und wer den Bräutigam fahren würde. Zum ersten Mal bereute Emina, die Fahrprüfung noch nicht bestanden zu haben, und versprach sich, sie so bald wie möglich zu machen. Katarina und Senad hatten kein Geld für eine Limousine, also boten Freunde an, das Brautpaar zu fahren.

Am nächsten Tag, als Oma spazieren ging, traf sie Hamza und begann sofort, über Katarinas Hochzeit zu sprechen.

Du hast sicher gehört, Katarina, Eminas Freundin, heiratet morgen, ich bin eingeladen und Emina wird die Trauzeugin sein.»Nein, davon habe ich noch nichts gehört. Wo wird die Hochzeit stattfinden?«, fragte Hamza. Oma Jasmina erklärte Hamza alles ins kleinste Detail.

Als er nach Hause kam, fragte Hamza Omar:

»Hast du für morgen etwas geplant, da Sonntag ist?«

»Nein, nichts, hast du irgendwelche Ideen?«, fragte Omar.

Hamza wollte Omar nichts von der Hochzeit erzählen. Er sagte ihm nur:»Ich bin ziemlich müde, Omar, ich habe in diesen Tagen viel gearbeitet, es ist Zeit für mich, mich richtig auszuruhen. Morgen werde ich einfach nur faul sein«, fuhr Hamza stotternd fort.»Wenn du möchtest, können wir morgen zum Mittagessen das Restaurant wechseln, wir gehen immer in das gleiche.«

»Passt«, sagte Omar,»wo immer du willst. Du kannst auf mich zählen, ich gehe mit dir.«

Es schien Omar, dass sein Vater etwas vor ihm verbarg, also dachte er: Wie lange ist er allein? Ich habe ihn noch nie mit einer Frau gesehen. Er war zu besorgt um mich, also hatte er keine Zeit für sein Leben. Könnte ich ihm jemals etwas ablehnen? Natürlich werde ich mit ihm gehen, ich werde ihm Gesellschaft leisten. Ich werde alles tun, was er will. Er dachte weiter darüber nach, warum er nach der Scheidung mit seiner Mutter nie wieder eine Frau gefunden hatte, also fragte er Hamza:

»Es würde mich freuen, wenn du mir etwas über Mama erzählen könntest. Ich erinnere mich, dass ich dich als Kind gefragt habe, aber du hast mir nichts Konkretes geantwortet. Du hast es vermieden, darüber zu reden.

Könntest du mir bitte sagen, was mit ihr passiert ist und wo sie ist?«

»Ja Omar, ich habe es vermieden, du warst zu jung, um es zu verstehen. Später interessiertest du dich nur für Frauen, du hast mich nicht ein einziges Mal gefragt. Jetzt bist du reifer, also kann ich dir sagen. Ich hoffe, du wirst mir nicht böse sein, weil ich dir das nicht früher gesagt habe. Ich habe deine Mutter Emma wirklich sehr geliebt. Als wir zusammen waren, sagten mir meine Freunde, dass sie nichts für mich sei, aber ich habe nicht auf sie gehört. Später haben wir geheiratet, du bist auf die Welt gekommen. Ich war glücklich, sehr glücklich, dass wir dich bekommen haben. Ich dachte, sie liebt mich auch, zumindest schien es so. Ich habe ihr alles gegeben, was sie wollte. Eines Tages kam ich von der Arbeit nach Hause, du warst allein im Haus, auf dem Tisch lag ein Brief für mich. In dem Brief schrieb sie, dass sie einen Liebhaber neben mir hatte, sie liebte mich nie, sie war nur wegen des Geldes mit mir zusammen gewesen. Sie würde mit ihm fortgehen und wollte nicht, dass ich sie nicht suche. Ich war so wütend auf mich selbst, weil ich so naiv war, dass ich nichts gemerkt hatte. In dieser Wut habe ich eine DNA-Analyse durchführen lassen. Ich vermutete, dass du nicht mein Sohn bist, aber die Ergebnisse zeigten, dass du es bist. Darüber habe ich mich gefreut. Seitdem wollte ich keine Frau mehr an meiner Seite haben. Ich hatte Angst, dass es genauso sein würde. Omar, ich hoffe, du bist nicht böse auf mich.«

Als Omar die Geschichte hörte, starrte er seinen Vater lange an und sprach schließlich:

»Mein lieber Vater, warum sollte ich wütend sein, ich bin stolz auf dich. Jetzt verstehe ich, warum du mir das nicht gesagt hast. Ich frage mich: Wenn du seitdem nichts mehr von ihr gehört oder sie gesehen hast, wie konntest du dich dann von ihr scheiden lassen?«

»Es war schwierig, die Scheidung dauerte mehrere Jahre, am Ende gelang es mir. Das ist eine lange Geschichte, Omar. Vielleicht werde ich sie dir eines Tages erzählen.«

Als Hamza Omars Frage beantwortete, konnte man in seiner Stimme Verachtung, Wut und Hass spüren, das merkte Omar, und er sagte: »Hamza, können wir das Thema wechseln? Ich möchte nichts mehr von dieser Frau hören.« Er wollte Hamza aufmuntern, also lachte er und sagte: »Ja, du könntest morgen mit mir angeln gehen«, weil er dachte, dass Hamza sich darüber freuen würde.

Als Hamza das hörte, änderte er schnell seine Stimmung und fügte rasch hinzu: »Nein Omar, wir haben uns auf ein Mittagessen geeinigt. Du wirst sehen, das Restaurant wird dir gefallen, es liegt am Fluss«, also lachte auch Hamza und fügte hinzu: »Man kann auch angeln.«

Dann fuhr Hamza fort mit einem anderen Thema: »Ich möchte eines meiner kleinen Geheimnisse mit dir teilen.«

»Ich höre dir zu.«

»Du weißt, dass ich schon lange Kochkurs besuche. Wir haben dort ein nettes Team. Aber es gibt auch eine schöne Frau in diesem Team.«

»Hamza, du musst nicht weiter um den heißen Brei reden. Du willst sagen, dass du verliebt bist.«

»Na ja, wenn man das in meinem Alter so sagen kann.«

»Wow, ich freue mich für dich, ehrlich gesagt, es war an der Zeit, dass du dich verliebst. Wie heißt sie?«, fragte Omar neugierig.

»Vanessa, ihr Name ist Vanessa.«

»Nach den Kochkursen gingen wir ein paar Mal etwas trinken. So lernte ich sie besser kennen. Sie ist allein wie ich. Ihr Mann ist vor zwölf Jahren verstorben. Sie hat eine Tochter, die im Ausland lebt. Ich habe das Gefühl, dass Vanessa eine wundervolle Seele ist. Ich habe ihr noch nicht gesagt, dass sie mir am Herzen liegt, dass ich gerne etwas mehr hätte, aber ich werde den Mut dafür aufbringen.«

»Ich drücke dir die Daumen, Hamza, und ich weiß, dass du Erfolg haben wirst.«

Die beiden redeten lange über dieses Thema.

Am nächsten Tag waren die Gäste sowie das Brautpaar bereits im Restaurant versammelt, alles war bereit, die Party begann. Neben dem Brautpaar strahlte auch Emina. Sie war schick gekleidet und trug auf Initiative ihrer Großmutter auch etwas Make-up. Oma drehte sich in alle Richtungen, ob sie Hamza und Omar sehen konnte. Sowohl Jasmina als auch Hamza waren charaktervolle und sehr ehrliche Menschen, aber zum ersten Mal wollten sie beide nach anderen Regeln spielen, sie wollten beide Emina und Omar zusammenbringen, ohne dass sie etwas davon wussten.

Schließlich betraten Omar und Hamza das Restaurant.

Hamza zeigte als Erster eine gespielte Überraschung und sagte:

»Oh, Omar, hier findet wohl eine Feier statt. Wir hätten woanders hingehen sollen.«

Während Hamza sprach, ließ Omar seinen Blick durch das Restaurant schweifen und entdeckte Emina. Schnell unterbrach er Hamza und sagte: »Wir bleiben hier, es gibt genug freie Tische.« Er fürchtete, dass Hamza sonst darauf bestehen würde, wieder zu gehen.

»Wie du willst«, fügte Hamza hinzu, doch insgeheim musste er schmunzeln.

Als Jasmina sie bemerkte, kam sie zu ihnen, begrüßte sie herzlich und begann sofort ein Gespräch. Dabei erwähnte sie unter anderem, dass Emina hier sei – und zwar als Brautjungfer.

Als Katarina die beiden erblickte, kam sie zu ihnen und lud sie ein, sich anzuschließen. Omar begann, höflich abzulehnen, doch Hamza war schneller und sagte: »Wir schließen uns gerne an.« So setzten sich beide zu den Feiernden.

Emina konnte ihren Blick nicht von Omar abwenden, so sehr sie es auch versuchte, ihr Blick kehrte immer wieder zu ihm zurück, und auch Omar war es nicht gleichgültig, ihre Blicke trafen sich.

Es wurde gefeiert, getanzt und gesungen.

Ob durch Zufall oder wenn Jasmina und Hamza dazwischenkamen: Emina und Omar standen direkt nebeneinander auf der Tanzfläche.

Omar streckte Emina die Hand hin, um mit ihr die nächste Nummer zu tanzen, und sie streckte schüchtern ihre Hand als Zeichen der Zustimmung hin. Ihre Hände schlossen sich. Sie fingen an zu tanzen, Emina schwitzte und Omar fühlte sich, als würde er sich zum ersten Mal verlieben, was ihn etwas verwirrte, weil er sonst immer direkt war und ohne zu zögern auf jede Frau zuging. Jetzt verspürt er zum ersten Mal ein Unbehagen, von dem er nicht einmal wusste, was es bedeutete. Sie tanzten wortlos und versteckten ihre Blicke.

Jetzt war es an ihnen, dem Brautpaar Geschenke zu machen.

Omar begann sich unwohl zu fühlen. Was sollte er den

Frischvermählten schenken? Er amüsierte sich zwar mit ihnen, hatte aber kein Geschenk für sie mitgebracht. Da kam Hamza auf ihn zu und sagte:

»Omar, während du Spaß hattest, habe ich ein Geschenk für uns beide vorbereitet.«

»Danke Hamza, du bist immer da, wenn ich dich brauche«, sagte Omar zu ihm.

Hamza hatte bereits zu Hause Geld in zwei Umschläge vorbereitet – einen für Omar und einen für sich selbst. Gemeinsam wünschten sie dem Brautpaar Glück und überreichten ihre Geschenke.

Omar wusste nicht, wie viel sein Vater in die Umschläge gesteckt hatte, aber er wusste, dass sein Vater großzügig war und sich ganz bestimmt nicht blamierte.

Die Feier war vorbei.

Omar bot an, Oma und Emina nach Hause zu fahren, doch Emina lehnte ab.

Hamza und Omar kehrten nach Hause zurück. Omar war seinem Vater dankbar für diesen wunderbaren Tag.

»Omar, ich habe gesehen, wie du mit Emina getanzt hast. Ihr seht wunderschön zusammen aus, ich denke, ihr zwei wäret ein gutes Paar.«

»Ja, das denke ich auch«, antwortete Omar und ging ins Badezimmer, um zu duschen. Dann ging er ins Bett.

Er konnte lange nicht schlafen, Emina ließ ihm keine Ruhe, wunderte er sich. Warum habe ich ihr nicht meine Telefonnummer gegeben, warum habe ich sie am nächsten Tag nicht auf einen Drink eingeladen … In seinem Kopf gab es unzählige weitere Warum-Fragen.

Bei Emina war es die gleiche Situation. Sie fragte sich, warum sie sich nicht von Omar zu Hause absetzen ließ. Sie drehte sich im Bett um und versuchte, Omar aus ihren Gedanken zu reißen, aber es gelang ihr nicht. Bis zum Morgen wälzte Emina sich im Bett hin und her.

Sie musste zur Arbeit, und fragte sich, wie sie den Arbeitstag überstehen sollte. Ihr Gewissen nagte an ihr, weil sie überhaupt an Omar dachte, die beiden waren so unterschiedlich.

Sie stand auf, duschte und machte sich eine große Tasse schwarzen Kaffee, normalerweise trank sie eine kleine Tasse und fügt immer Milch hinzu. Diesmal war es reiner schwarzer Kaffee ohne Zucker.

Als sie in der Arbeit ankam, bestellte sie zunächst eine weitere Tasse schwarzen Kaffee, allerdings eine kleinere.

Erst nach der zweiten Tasse Kaffee war sie bereit für einen neuen Arbeitstag.

An diesem Tag hielten die Ärzte ein Jour fixe und besprachen unter anderem, wann und wo sie Termine für das Seminar vereinbarten. Eminas Termin war bereits nächste Woche und würde drei Tage dauern, Montag, Dienstag und Mittwoch. Sie hatte bereits ein Hotel gebucht.

»Ah, ich hätte das Seminar fast vergessen«, sagte Emina. »Ja, das passiert nur, wenn man verliebt ist«, kommentierte einer der Ärzte.

Emina errötete leicht, sie wusste, dass sie in Omar verliebt war und dass es nichts mehr zu hinterfragen gab. Sie konnte nur warten. Warten darauf, dass Omar sie bemerkte und dasselbe dachte, ohne zu wissen, ob Omar genauso dachte.

Irgendwie verging der Tag und die ganze Woche war für Emina anstrengend. Endlich Freitag, der letzte Arbeitstag der Woche. Emina war traurig bei dem Gedanken, dass es Freitag war und Katarina und Senad nicht da waren, um auszugehen, was sie freitagabends so gerne praktizierten. Nach der Hochzeit machten die beiden einen ganzen Monat Urlaub. Mit wem sollte sie jetzt ausgehen?

Traurigen Herzens kehrte sie von der Arbeit nach Hause zurück und überlegte, was sie am Wochenende unternehmen und wie sie ihre Zeit verbringen sollte. Als sie so dachte, wäre sie beim Überqueren des Fußgängerüberwegs fast über Omar gestolpert.

»Oh, es tut mir leid, ich habe Sie nicht gesehen«, siezte sie ihn und stotterte.

»Nichts passiert …«, sagte Omar, aber auch er stammelte. »Aber da wir uns schon getroffen haben, können wir einen Kaffee trinken.«

»Nein danke, ich komme gerade von der Arbeit zurück, ich bin etwas müde. Ich würde lieber so schnell wie möglich nach Hause gehen«, log Emina. Sie war zwar müde, aber sie hätte gerne mit ihm Kaffee getrunken, sie wusste nicht einmal, warum sie ihn abgelehnt hatte.

»Vielleicht heute Abend«, beharrte Omar, »gegen 20:00 Uhr. Sag einfach wo.«

Da Omar wusste, dass Emina ihre Fahrprüfung noch nicht bestanden hatte, fügte er schnell hinzu: »Ich werde dich abholen«, ohne sie zu siezen.

»Okay«, spuckte Emina irgendwie aus, dann stimmte sie zu.

Die Ampel blinkte grün für Fahrzeuge und die beiden standen noch immer mitten auf dem Fußgängerüberweg.

Laut hupten die Autos und die beiden wurden sich erst dann ihrer Unhöflichkeit bewusst. Jeder eilt an seine Seite. Omar warf ihr zu: »Wir sehen uns gegen acht Uhr.«

Nur ein Blick auf Emina genügte Oma, als sie sie an

der Haustür sah, also fragte sie sie. »Emina, was ist passiert? Du strahlst, du siehst anders aus. Du musst jemanden kennengelernt haben.«

»Ja, Oma, ich habe heute Abend sogar ein Treffen mit ihm«, antwortete Emina glücklich. Sie legte ihre Tasche über den Stuhl und zog ihre Jacke aus.

»Es ist auch für dich an der Zeit, jemanden zu finden, glücklich zu sein und wie alle anderen Frauen auszugehen. Omar ist vielleicht doch nicht der Richtige für dich.« Die Großmutter versuchte, ihre Enkelin aufzubauen, denn sie wusste, wie sehr sie für Omar litt.

Emina blieb mitten im Raum stehen, lachte und sagte zu ihrer Großmutter.

»Oma, ich habe Omar getroffen, wir werden uns treffen.«

Oma biss sich auf die Lippen und sagte: »Ach, liebes Kind, es tut mir leid, es tat mir nur leid, dass du gelitten hast. Omar ist gut, aber ich dachte, es wäre jemand anderes, ich wollte dir den Wind in den Rücken legen«, und sie lachte laut.

Emina wusste nicht, was sie tun sollte.

Sonst aß sie immer zuerst zu Mittag, wenn sie von der Arbeit nach Hause kam, jetzt duschte sie zuerst und fing schon an, ihre Großmutter zu fragen, was sie anziehen sollte, sie hatte keinen Hunger.

»Was auch immer du trägst, es steht dir gut. Du bist sowohl von außen als auch von innen schön, aber vergiss nur nicht, dich zu schminken«, fügte die Großmutter lächelnd hinzu, denn sie wusste, wenn sie sie nicht daran erinnerte, würde Emina ungeschminkt gehen.

Sie überlegte lange, ob sie ein Kleid oder eine Hose

tragen sollte. Was wird Omar andererseits denken, wenn er sich wirklich schick macht, vielleicht möchte er mit ihr ausgehen, um sich die Zeit zu vertreiben, wie mit einer Nachbarin, oder einfach nur abhängen? Bei diesem Gedanken verschwand Eminas Fröhlichkeit aus ihrem Gesicht, sie legte die Kleider, die sie zuvor herausgenommen hatte, in den Schrank zurück, und entschied sich stattdessen für eine Hose. Sie ließ ihre Haare natürlich über ihren Rücken fallen. Anschließend trug sie einfach Lippenstift auf die Lippen auf.

Dennoch war sie unruhig und ging im Wohnzimmer auf und ab. Oma sah sie verwundert an.

»Emina Schatz, du triffst endlich die Person, in die du seit deinem fünfzehnten Lebensjahr verliebt bist, du hast dir nicht einmal die Mühe gemacht, dich ein wenig herzurichten.«

»Aber Oma, du hast mir vorhin gesagt, dass ich immer noch schön bin.«

»Ja, Schatz, sagte ich, du bist wunderschön. Aber die Männer von heute mögen es, wenn Frauen sich schick machen. Du kanntest nicht alle Freundinnen von Omar, jede von ihnen war wie eine Prinzessin.«

Emina lachte: »Wenn das so ist Oma, warum blieb dann keine bei ihm? Schließlich möchte ich, dass mein Partner mich so liebt, wie ich bin, egal wer es ist. Ich möchte nicht so tun, als wäre ich etwas, was ich nicht bin.«

Ihr Gespräch wurde durch die Türklingel unterbrochen.

Emina eilte zur Tür, öffnete sie und sah Omar. Er sah aus, als käme er gerade vom Shooting für das Cover eines Modemagazin. Sie drehte sich zu ihrer Großmutter um, sah sie traurig an und dachte, dass ihre Großmutter recht hatte, sie hätte sich anstrengen sollen, jetzt war es zu spät. Oma nickte nur mit dem Kopf. Omar begrüßte ihre Großmutter herzlich und übermittelte ihr Hamzas Grüße.

Emina nahm ihre schwarze Handtasche, küsste ihre Großmutter und sagte zu ihr: »Ich komme nicht zu spät.«

Als sie ins Auto stiegen, fragte Omar Emina, wohin sie wollten. Sie gingen in die Bar, in die Emina mit Katarina und Senad fast jeden Freitag gingen. Sie bestellten Pizzen und unterhielten sich. Emina sprach über ihre Kindheit ohne Eltern, die Schule, die Arbeit und vor allem über ihre Großmutter, die sie sehr liebte. Omar sprach hauptsächlich über die Arbeit. Natürlich erwähnte er zu keinem Zeitpunkt eine seiner Liebesaffären.

Ihm fiel auf, dass er zum ersten Mal mit einer Frau zusammensaß, die materielle Dinge nicht erwähnte. Er nahm jedes ihrer Worte in sich auf. Als er ihr zuhörte, vermied er es oft, sie an sich zu ziehen und sie wild zu küssen, aber er wusste, dass das das Ende sein würde, er wusste nicht, wie er sich verhalten sollte. Während er sie küssen wollte, dachte Emina über die Situation nach. Sie war sich jetzt sicher, dass er nur Gesellschaft wollte. Es ging ihm lediglich darum, nicht allein zu sein. Da er jetzt Single war, könnte auch Nachbarin Emina jemand sein, um ihm die Zeit zu vertreiben. Bei diesem Gedanken wurde sie sauer auf sich selbst, weil sie überhaupt zugestimmt hatte auszugehen.

Irgendwann stand Emina plötzlich auf und sagte zu Omar: »Lass uns gehen, Oma ist allein, ich habe ihr versprochen, dass ich nicht lang bleiben werde.«

»Da hast du recht«, Omar stand sofort vom Stuhl auf und eilte als Erster zur Tür, um sie zu öffnen, damit Emina zuerst raus konnte. Die ganze Zeit, die er mit Emina verbrachte, benahm er sich wie ein Gentleman. Als sie vor Eminas Haus ankamen, sprang Omar aus dem Auto, öffnete die Autotür, damit Emina aussteigen konnte, sie wünschten sich gegenseitig eine gute Nacht. Emina betrat das Haus und Omar stieg ins Auto. Er fragte sich, ob er Emina hätte sagen sollen, dass er sie mochte, ob er sie hätte küssen sollen, er hatte ihr nicht einmal seine Telefonnummer gegeben. Er war sauer auf sich selbst, jetzt war er wieder am Anfang.

Natürlich war Oma Jasmina wach, sie wartete auf Emina, um zu erfahren, wie es war. Als sie Eminas Gesichtsausdruck sah, wusste sie, dass das erste Treffen nicht gut endete.

Emina erzählte ihr alles.

»Warum hast du Omar nicht gesagt, dass du ihn magst?«, fragte ihre Großmutter.

»Ich habe den Eindruck, dass Omar nur Gesellschaft will. Er hätte mir sagen können, dass er mich mag, aber offensichtlich nicht.«

»Ich glaube, du liegst falsch. Man konnte Omar ansehen, dass er verliebt war, als er dich abholte. Ich denke, dass ihr das Gleiche füreinander empfindet, aber ihr habt beide Angst, es zuzugeben.«

»Oma, bitte, ich will nichts mehr von Omar hören. Ich werde nicht einmal mehr mit ihm ausgehen. Ich verschwende nur meine Zeit damit, zu hoffen und darauf zu warten, dass etwas passiert, und er benutzt mich als Gesellschaft. Ich gehe schlafen. Ich möchte für die Fahrt zum Seminar ausgeruht sein. Ich reise am Sonntag ab, das habe ich dir ja schon erzählt, Oma.«

»Okay, wie du es wünschst«, fügte die Großmutter hinzu.

Oma blieb traurig im Wohnzimmer. Sie hatte das Gefühl, dass sie beide ineinander verliebt waren, aber wie konnte sie ihrer Enkelin helfen?

Bei Omar war es der gleiche Fall wie bei Emina. Hamza wartete ebenfalls darauf, dass Omar zurückkam. Er wusste, dass Emina eine wundervolle Frau ist. Er wollte unbedingt, dass sie zusammenfinden, er konnte nicht schlafen. Schließlich kam Omar zurück. Er erzählte seinem Vater, was passiert war und fügte hinzu: »Ich glaube nicht, dass Emina mich überhaupt mag. Sie stimmte nur zu, mit mir auszugehen, weil ich hartnäckig war und ihre Freunde im Urlaub waren und sie sonst niemanden hatte, mit dem sie ausgehen konnte.«

»Du liegst falsch, Omar«, versuchte Hamza ihm zu erklären. »Emina ist anders als andere Frauen, man muss geduldig sein und darf nicht aufgeben. Für so eine Frau lohnt es sich zu kämpfen.«

Omar hatte wie Emina nicht die Kraft, weiter darüber zu sprechen, also ging er schlafen. Er konnte nicht einschlafen und wälzte sich stundenlang hin und her. Erst vor dem Morgen schlief er ein. Am Nachmittag stand er auf und beschloss, morgen einfach an Eminas Haus vorbeizugehen. Wenn er sie trifft, wird er ihr sagen, was ihm auf dem Herzen liegt. Bis dahin wird er sich überlegen, wie er es ihr sagen kann.

Am nächsten Tag stand Omar wieder spät auf, duschte, zog seine Sportklamotten an und ging spazieren, doch zum ersten Mal schaute er bei Emina zu Hause vorbei. Als er sich dem Haus näherte, sah er ihre Großmutter draußen am Tisch sitzen, im Schatten unter einem Walnussbaum. Er ging auf sie zu, begrüßte sie herzlich. Im nächsten Moment war er verwirrt, überlegte, wie er nach Emina fragen sollte, oder ob es nicht besser war weiterzulaufen.

»Komm, Omar, setz dich eine Weile zu mir.«

Omar saß am Tisch und wusste nicht, was er ihre Großmutter fragen sollte, wie er das Gespräch beginnen sollte. Dann fragte er sie:

»Wie geht es Ihnen gesundheitlich?«

»Mir ging es seit heute Morgen nicht mehr gut, aber ich wollte Emina nichts sagen. Ich wollte sie nicht beunruhigen, weil sie heute Morgen zu einem Seminar ging. Wenn ich es ihr gesagt hätte, hätte sie sich Sorgen gemacht und wäre bestimmt nicht gegangen.«

»Wenn ich gewusst hätte, dass sie irgendwohin verreist, hätte ich sie zum Bahnhof gebracht.«

Oma war überrascht, dass Omar nichts von dem Seminar wusste. Sie waren doch am Freitag zusammen, hat sie es ihm gegenüber nicht erwähnt?

»Du weißt nicht, dass Emina ein dreitägiges Seminar hat?«

»Nein, das wusste ich nicht.«

Die beiden unterhielten sich kurz und Omar stand von dem Stuhl auf, um seinen Spaziergang fortzusetzen, dann fügte er der Großmutter hinzu:

»Wenn Sie etwas brauchen, sagen Sie es ruhig. Ich bin für Sie da«, sagte Omar zu ihr.

»Ich brauche nichts, Omar, danke.«

Oma ging es richtig schlecht, sie begann aufzustehen und ihr wurde schwindelig.

»Omar, mir geht es nicht gut«, rief Oma. »Ich sollte besser ins Haus gehen, um mich hinzulegen, aber mir schwirrt der Kopf.« Omar stützte sie und half ihr ins Haus, legte sie ins Bett und fragte noch einmal, ob sie etwas brauche oder ob sie wolle, dass er sie ins Krankenhaus brachte. Jasmina lehnte ab und sagte, dass es nach einer kleinen Ruhepause besser sei.

Omar überlegte, wie er Jasmina allein lassen sollte, ob es ihr schlecht gehen würde und was er tun sollte. Schließlich fragte er sie:

»Kann ich Ihr Telefon nehmen? Ich speichere Ihnen meine Nummer ein und falls Sie irgendetwas brauchen, rufen Sie mich einfach an.«

»Danke, Omar, das war eine gute Idee«, sagte sie. »Hinterlasse mir deine Nummer, auch wenn ich hoffe, dass ich sie nicht brauchen werde.«

Omar gab seine Telefonnummer ein, legte das Telefon in die Nähe der Großmutter, damit sie es griffbereit hatte, wenn sie es brauchte, und verließ langsam das Haus.

Am Abend dachte er an Jasmina. Er führte sich noch einmal vor Augen, wie erschöpft und müde sie ausgesehen hatte. Er hatte Angst, dass sie nachts krank würde, und sie war allein. Also beschloss er, morgen, bevor er zur Arbeit ging, Jasmina zu besuchen. Er würde für beide Frühstück kaufen, um gemeinsam mit ihr zu frühstücken.

Am Morgen kaufte er frische Croissants und machte sich auf den Weg zu seiner Nachbarin Jasmina.

Er klingelte immer wieder an der Haustür, bekam aber keine Antwort. Da überfiel ihn die Angst. Er nahm die Türklinke, um zu überprüfen, ob die Tür verschlossen war. Zum Glück öffnete sich die Tür. Ohne nachzudenken, trat er ein und rief »Jasmina, Jasmina«, aber es kam keine Antwort. Omar stellte die Croissants auf den Esstisch und ging ins Schlafzimmer. Er dachte nicht darüber nach, ob er Jasminas Schlafzimmer ohne Erlaubnis betreten durfte oder nicht. Er trat trotzdem ein. Jasmina lag im Bett, große Schweißtropfen waren auf ihrem Gesicht, das Telefon lag auf dem Boden. Omar berührte ihren Körper, er spürte ein hohes Fieber. Sofort rief er den Rettungsdienst an. In wenigen Minuten stand der Krankenwagen vor Jasminas Haus. Kurz darauf war Jasmina bereits auf dem Weg ins Krankenhaus. Omar folgte ihnen in seinem Fahrzeug.

Er rief Hamza an, dass er zu spät zur Arbeit kommen würde und erzählte ihm, was passiert war.

Auf dem Flur des Krankenhauses wartete er darauf, dass ihn jemand über Jasminas Gesundheitszustand informierte.

Er überlegte, ob er Emina anrufen sollte. Er hatte ihre Nummer nicht, was sollte er tun.

In seinen Gedanken wurde er von einem Arzt unterbrochen, der ihn ansprach. »Sie sind Omar, oder?«

»Ja, das bin ich.« »Sie können zu Frau Jasmina hereingehen, aber nur für kurz.«

»Herr Doktor, was ist mit ihr passiert, woran ist sie erkrankt?«, fragte Omar.

»Keine Sorge, Frau Jasmina wird es gut gehen. Hohes Fieber ist keine Krankheit, es ist lediglich ein Krankheitssymptom, das uns zur Vorsicht mahnt, aber ich würde Ihnen auf jeden Fall raten, Jasmina heute im Krankenhaus zu lassen, damit wir weitere Untersuchungen durchführen können. Ihr Immunsystem ist geschwächt, aber im Großen und Ganzen gibt es keinen Grund zur Sorge.«

»Danke, Herr Doktor«, sagte Omar und betrat den Raum, in dem Jasmina lag.

Er näherte sich dem Bett, nahm Jasminas Hand und fragte:

»Wie geht es Ihnen, Jasmina? Besser?«

»Ja, lieber Omar«, Jasmina lächelte leicht. »Jetzt viel besser. Vielen Dank für dein Interesse. Ich würde mich freuen, wenn du mich morgen nach Hause bringen könntest. Der Arzt sagte mir, ich solle bis morgen bleiben, obwohl ich glaube, dass ich heute nach Hause gehen könnte, mir geht es gut. Ich weiß nicht, Omar, was mit mir passiert ist.«

»Ich werde Sie morgen gerne abholen kommen, keine Sorge«, sagte Omar zu ihr.

»Ich möchte dich, Omar, noch um einen Gefallen bitten.«

»Klar, sagen Sie es einfach«, antwortete er.

»Bitte geh zu meinem Haus, schließ es ab und behalte den Schlüssel bei dir. Wenn du mich morgen abholst, gibst du ihn mir zurück.«

Ah, Omar erinnerte sich erst jetzt: »Das habe ich schon getan. Der Schlüssel ist in meiner Tasche.«

»Omar, Schatz, du hast an alles gedacht.«

»Ich habe auch Ihr Handy mitgebracht«. Er nahm Jasminas Handy aus der Tasche und reichte es ihr.

Jasmina nahm ihr Smartphone und wollte es gerade auf den Stuhl neben dem Bett legen, auf dem sie lag, als in diesem Moment das Telefon klingelte. Es war Emina.

Oma sah Omar an, gab ihm ein Zeichen, still zu sein, und ging dann ans Telefon.

Sie drückte die Lautstärketaste, damit Omar das Gespräch hören konnte.

»Oma, ich wollte mich melden.« Emina sprach schnell. »Ich bin gestern Abend spät angekommen, also wollte ich dich nicht stören. Der erste Teil des Seminars ist vorbei, wir machen eine kurze Pause, die ich nutze, um dich anzurufen. Sag mir, wie geht es dir? Ist alles in Ordnung? Ich vermisse dich schon«, fuhr Emina fort. Sie machte eine kurze Pause, um ihrer Großmutter zuzuhören. Jasmina nahm alle Kraft auf, um so überzeugend wie möglich zu klingen.

»Mir geht es gut, Emina. Ich vermisse dich auch schon.« Oma schaffte es nur, das zu sagen, und Jasmina sprach schnell weiter: »Ich muss gehen, Oma, ich schicke dir einen Kuss, wir hören uns, tschüss, tschüss …«, und die Verbindung endete.

Omar bemerkte, dass die Großmutter es vermied zu sagen, dass sie im Krankenhaus war, und Jasmina erklärte Omar, dass sie Emina nie gesagt habe, dass sie Schmerzen hat, obwohl Jasmina nie wegen irgendetwas beim Arzt gewesen war. Ihre Krankheit bestand nur darin, dass sie manchmal Kopfschmerzen hatte, manchmal einen Virus, meistens im Winter, wenn es schwer zu vermeidende Grippe gab, nichts Ernstes. Sie würde dies mit einer Hausapotheke und natürlichen Präparaten heilen.

»Jetzt, wo es mir besser geht, Omar, hat es keinen Sinn, sie zu stressen. Bereits am Donnerstag wird sie zu Hause sein, ich hoffe, dass ich mich vollständig erholen werde.«

Dann nahm Jasmina Omars Hand, lachte und fügte hinzu: »Jetzt habe ich dich.«

»Natürlich jederzeit.«

Omar stand von dem Stuhl auf, auf dem er saß.

»Ich muss jetzt gehen. Wenn Sie etwas brauchen«, bot er noch einmal an, »rufen Sie mich ohne zu zögern an. Sie haben jetzt meine Telefonnummer und ich werde Sie auf jeden Fall morgen abholen.«

Anschließend fuhr Omar zur Arbeit. Er dachte den ganzen Tag an Jasmina. Es tat ihm leid, dass ihr das passiert war. Allein und hilflos. Andererseits, dachte er, war es das

Schicksal, das ihn gerade jetzt zu seiner Nachbarin schickte, damit er nun eine wichtige Rolle in ihrem Leben spielen konnte. Dennoch war er froh, dass es Jasmina besser ging.

Am Abend sprachen Hamza und Omar bei einer Schachpartie über den vergangenen Tag.

»Omar, nimm dir morgen so viel Zeit, wie du brauchst, mach dir wegen der Arbeit keine Sorgen, schließlich ist Jasmina unsere Nachbarin und im Moment ist sie allein. Es ist unsere Pflicht, auf unsere Nachbarn aufzupassen«, und er dachte bei sich, dass Omar jetzt die Gelegenheit bekommen hatte, Emina näher zu kommen.

Omar holte Jasmina am Morgen ab. Sie war schon bereit und wartete auf ihn. Als sie bei Omar ankamen, fiel ihm ein, dass er Jasmina nicht gefragt hatte, ob sie Hunger hatte, sie hätten unterwegs irgendwo zum Mittagessen anhalten können.

»Jasmina, haben Sie Hunger?«, fragte er.

»Ja, Omar, ich habe seit gestern nichts mehr gegessen. Sie haben es mir im Krankenhaus angeboten, aber ich konnte es nicht, mein Körper hat es einfach nicht angenommen. Ich könnte jetzt etwas essen.«

»Ich habe auch Hunger«, sagte Omar.

»Dann mache ich Kaffee und du holst uns warme Croissants. Es ist zu früh zum Mittagessen, also sollten wir etwas anderes essen und ich habe noch nicht einmal Kaffee getrunken.«

Sie taten, was sie vereinbart hatten.

Während sie frühstückten, dachte Jasmina nach. Wenn ihr etwas Schlimmeres passiert wäre, wenn sie zum Beispiel gestorben wäre, wäre sie gestorben, ohne zu wissen, ob ihre Enkelin (die für sie alles auf der Welt bedeutete) jemals glücklich in der Liebe sein würde, und das war ihr das Wichtigste. Sie beschloss, Eminas und ihr Geheimnis Omar zu verraten, obwohl sie Emina versprochen hatte, es niemandem zu erzählen. Ihr wurde schlecht, wenn sie nur daran dachte, aber sie war fest entschlossen und begann mit der Geschichte.

»Lieber Omar, ich möchte ein Geheimnis mit dir teilen, das ich nicht verraten sollte, weil ich es versprochen habe. Es betrifft dich auch, aber bitte verrate mich nicht, zumindest für eine Weile.«

Omar verwandelte sich in ein Ohr. »Reden Sie«, wurde er neugierig. »Ich werde tun, was Sie wollen, ich werde unser Geheimnis für mich behalten.«

»Gestern hatte ich Angst um meine Gesundheit, und da ich alt bin, weiß man nie, wie viel Zeit ich noch habe. Ich möchte meine Enkelin glücklich sehen, und sie wird nur mit dir glücklich sein. Emina ist in dich verliebt. Sie hat mir vor Kurzem dieses Geheimnis anvertraut. Verliebt hat sie sich, als sie fünfzehn Jahre alt war, doch sie hat es geschickt verborgen und nicht einmal ihrer besten Freundin erzählt. Jedes Mal, wenn sie dir begegnete, war ihr ganzer Tag erfüllt von Glück. Als sie mir das Geheimnis anvertraute, warst du noch mit Hana zusammen. Ich habe versucht, sie davon zu überzeugen, dass sie jemand anderen treffen könnte, dass du nicht gut für sie bist, aber meine Worte erreichten sie nicht. Auch sie hatte Verehrer, die sie jedoch gekonnt ignorierte. Nachdem ich dir das erzählt habe, würde ich gerne wissen, was du darüber denkst, Omar.«

Omar hörte ihr ungläubig zu. War es möglich, dass Emina so viele Jahre in ihn verliebt war, ohne dass er sie überhaupt bemerkte, eine so schöne und kluge Frau? Was habe ich verpasst, dachte er und antwortete dann Jasmina.

»Ich werde ehrlich zu Ihnen sein. Es stimmt, dass ich sie nicht einmal bemerkt habe. Als ich jünger war, wollte ich feiern, ich wollte einfach nur Spaß haben. Irgendwie blieben die Frauen bei mir und das gefiel mir. Jetzt, wo ich etwas reifer bin und das alles durchgemacht habe, habe ich gelernt, dass Liebe mehr braucht, es reicht nicht aus, nur attraktiv zu sein. Ganz gleich, mit wie vielen Frauen ich zusammen war, ich war nicht bereit, eine von ihnen zu heiraten. Mir wurde klar, dass die Ehe nicht nur Schönheit erfordert, sondern auch andere Werte. Ich möchte ein guter Ehemann und Vater sein. Ich möchte viele Kinder haben, aber dafür braucht es eine besondere Frau. Ich muss zugeben, dass ich in Emina verliebt bin. Seit ich sie zum ersten Mal bemerkt habe, geht mir das nicht mehr aus dem Kopf. Wenn ich mich hinlege, wache ich mit ihrem Bild im Kopf auf, aber am Freitagabend, als wir ausgegangen sind, schien es, als würde sie nur darauf warten, dass unser Beisammensein zu Ende geht.«

Jasmina lachte und fügte hinzu: »Emina ist sehr schüchtern, sie dachte wahrscheinlich das Gleiche wie du.«

»Jasmina, vielen Dank, dass Sie ehrlich zu mir sind und Eminas lange gehütetes Geheimnis verraten haben. Ich werde es für mich behalten«, wiederholte er.

Sie beendeten das Frühstück, das bereits anderthalb Stunden gedauert hatte.

»Ich muss gehen«, sagte Omar, verabschiedete sich von Jasmina und machte sich auf den Weg zur Arbeit. Er hatte jedoch keine Lust zu arbeiten. Er saß an seinem Schreibtisch und starrte eine Weile auf einen Punkt. Dabei dachte er an das Gespräch mit Jasmina. Er fühlte sich glücklich, denn es gab Hoffnung für ihn und Emina. Jetzt, wo er das wusste, musste er sich noch mehr anstrengen.

Er zuckte zusammen, als er spürte, wie die Tür seines Büros aufging. Es war Hamza.

»Du bist zurück, mein Falke«, sagte Hamza freudig zu ihm. »Wie geht es der Nachbarin Jasmina?«

»Schon besser«, sagte Omar, aber er wusste nichts von dem Geheimnis, das Jasmina ihm erzählt hatte.

Omar besuchte Jasmina auch am nächsten Tag, um zu sehen, ob es ihr gut ging und um von ihr zu erfahren, wann der Bus ankommt, mit dem Emina unterwegs war.

Er fuhr zum Busbahnhof mit der Absicht, Emina nach Hause zu bringen und sie zufällig zu treffen.

Emina stieg jedoch in Begleitung eines blonden, gutaussehenden Mannes aus dem Bus. Sie redeten und lachten.

Als Omar sie sah, während er noch in seinem schwarzen Mercedes saß, war er verwirrt und fragte sich, wie er sich ihnen nähern sollte, wer der junge Mann bei ihr war. Er beschloss, nicht auszusteigen, um nicht gesehen zu werden.

Emina und der Mann nahmen ein Taxi und fuhren davon.

Omar kehrte zur Arbeit zurück und dachte: Wer könnte es sein? Ist das Eminas Freund? Was ist auf dem Seminar passiert?

Viele Fragen und keine einzige Antwort.

Ihn begann die Wut zu erfassen. Natürlich wird Emina nicht ihr ganzes Leben auf ihn warten. Ihm ging alles im Moment durch den Kopf.

Er konnte es sich nicht verkneifen, Hamza das zu sagen. Sobald er in der Firma ankam, suchte er nach Hamza. Er erzählte ihm, was passiert war. Daraufhin riet Hamza zur Geduld: »Man weiß nicht, wer er ist. Warte, bis du herausfindest, wer es war, und reg dich nicht unnötig auf.«

Omar fand keine Ruhe und sagte es Hamza:

»Ich werde Jasmina anrufen und sie fragen, wie es ihr geht. Ich muss herausfinden, wer dieser junge Mann ist.«

Emina kam mit einem Verwandten nach Hause, den sie beim Seminar kennengelernt hatte. Er war der Enkel des Bruders von Eminas Großvater und Jasminas Ehemann. Als er unterwegs war, bat Emina ihn, bei ihnen vorbeizuschauen, um seine Großmutter kennenzulernen, da er sie nicht kannte. Er würde über Nacht bleiben und morgen weiterfahren.

Sie stellte ihn ihrer Großmutter vor und in diesem Moment klingelte Jasminas Telefon.

Oma ging ans Telefon und Emina war damit beschäftigt, das Mittagessen zu servieren, das Oma bereits zubereitet hatte.

»Guten Tag, Jasmina, Omar am Telefon«, stellte er sich vor.

»Ich habe gerade angerufen, um zu fragen, wie es Ihnen geht und ob Sie etwas brauchen.«

»Danke für die Nachfrage, Omar. Nein, ich brauche nichts. Emina ist gerade mit einem Cousin angekommen, jetzt werden wir zu Mittag essen. Komm auch, wenn du willst«, lachte Oma und fügte hinzu: »Ich schulde dir etwas. Du hast viel für mich getan.«

»Gern geschehen, Gott sei Dank geht es Ihnen gut«, sagte Omar und legte auf.

Ganz aufgeregt blickte er zu Hamza, der am Ende des Gesprächs darauf wartete, dass auch er erfahre, wer der

Mann neben Emina war, und erzählte ihm in einem Atemzug, mit Emina sei ein Verwandter gekommen.

Als Omar herausfand, wer der junge Mann war, bekam er den Willen zur Arbeit und erzählte es Hamza lachend.

»Ich kann jetzt für beide arbeiten, du hast Zeit, ich erledige sowohl meine als auch deine Arbeit, und du rufst deine Freundin vom Kurs an und gehst etwas trinken.«

»Ähm, wir haben heute Abend einen Termin zum Abendessen. Ich erzählte ihr von meinen Gefühlen für sie, und sie empfindet dasselbe für mich.«

»Warum hast du mir das nicht gesagt?!«

»Ich habe es noch nicht geschafft, das sage ich dir jetzt. Ich würde mich freuen, wenn du zum Abendessen bei uns vorbeikommen könntest. Du könntest Vanessa besser kennenlernen. Ich habe ihr von dir erzählt, Omar. Sie würde dich gerne kennenlernen.«

Natürlich werde ich vorbeikommen.

Omar war überglücklich für Hamza, er war schon lange allein gewesen und hatte endlich seinen Seelenverwandten getroffen.

Den Rest des Arbeitstages arbeiteten beide hart.

Am Abend trafen sie sich in einem Restaurant. Hamza holte Vanessa früher ab, und Omar kam später allein.

Vanessa war etwa im selben Alter wie Hamza, etwa fünfzig, beide näherten sich den sechzig.

Während sie zu Abend aßen und sich unterhielten, bemerkte Omar, dass Vanessa ein sehr positiver Mensch war, lächelnd, liebenswert, und er bemerkte auch, dass sie gerne aß. Vanessa war rundlich und eine große Feinschmeckerin.

»Hamza, du und ich nehmen schon seit Langem an Kochkursen teil. Es ist Zeit, auch mal zu Hause zu kochen«, sagte Vanessa. »Hier biete ich mich zuerst an, ihr beide seid nächsten Samstag meine Gäste. Ich koche zu Hause und lade euch zum Abendessen ein.«

Omar stimmte zu.

»Ich bin dabei«, fügte Hamza hinzu, aber unter der Bedingung, dass man noch eine weitere Person zum Abendessen einlädt, nämlich dass Omar sie einlädt.

»Natürlich stimme ich zu«, antwortete Vanessa.

Vanessa war mit einem Teil der Geschichte von Omar und Emina vertraut.

»Ich werde sie gerne einladen«, sagte Omar, der wusste, wer es war.

Omar hatte das Gefühl, Vanessa sein ganzes Leben lang zu kennen. Er freute sich für seinen Vater. Nach dem Abendessen blieb er noch eine Weile bei ihnen, dann verließ er sie und kehrte nach Hause zurück.

Omar kam morgens als Erster zur Arbeit, Hamza traf dagegen sehr spät ein. Es war das erste Mal, seit Omar bei seinem Vater in der Firma angestellt war, dass Hamza sich verspätete. Es kam nie vor, dass Hamza zu spät kam. Omar kannte den Grund für die Verspätung und begann, ihn zu provozieren.

»Herr Direktor, du bist gestern Abend nicht nach Hause gekommen und kamst heute Morgen zu spät zur Arbeit.«

Hamza lachte über diese Provokationen nur.

Omar fuhr noch einmal fort: »Ich fürchte, du wirst vor mir heiraten.«

Nun reagierte Hamza. »Hab' keine Angst, aber gib dein Bestes, um Emina zu gewinnen.«

Als Emina erwähnt wurde, überlegte Omar, wie er Emina zum Abendessen zu Vanessa einladen sollte. Er beschloss, Jasmina um Hilfe zu bitten.

Als Jasmina und Emina ihren Gast verabschiedeten, erzählte Großmutter Emina, was während ihrer Abwesenheit passiert war.

Emina fühlte eine große Verantwortung gegenüber ihrer Großmutter. Als Emina klein gewesen war, hatte sich ihre Großmutter um sie gekümmert. Jetzt, da ihre Großmutter älter war, versuchte Emina, sie so weit wie möglich zu ersetzen, sie hatte sich oft als ihre Beschützerin eingesetzt.

»Ich sollte Omar danken, Oma, aber wie?«

»Ja, Schatz, du hast recht, das solltest du. Nimm die Nummer von meinem Telefon und ruf ihn an.«

»Ich würde ihn lieber von deinem Telefon aus anrufen.«

Sie nahm das Telefon ihrer Großmutter und rief Omar an.

Omar erschrak, als er sah, dass Jasmina ihn anrief. Er dachte, dass etwas passiert sei.

Aus Angst meldete er sich und fragte sofort, was passiert ist.

Emina stammelte, »Omar, hier ist Emina«, sagte sie leise. »Ich wollte dir nur dafür danken, dass du dich um Oma gekümmert hast. Sie erzählte mir gerade, dass sie im Krankenhaus war.«

Omar war verwirrt, er wusste nicht, was er sagen sollte. »Sorry Emina, ich kann dich nicht hören. Die Verbindung ist sehr schlecht, lass uns heute Abend treffen, ich hole dich um 8 Uhr ab.« Er sagte alles in einem Satz, ohne Pause, und legte auf.

Emina sah ihre Großmutter verwirrt an.

»Er sagte, dass er mich nicht hören könne und dass er mich abholen werde, damit wir ausgehen können. Was soll ich tun, Oma?«

«Ah, Schatz, ich habe vergessen, es dir zu sagen. In letzter Zeit passiert es mir, dass ich beim Telefonieren nichts mehr höre. Ich dachte, es liege an mir, aber es liegt am Gerät«, stimmte Oma zu. Sie fühlte sich schlecht, weil sie gelogen hatte, aber was konnte sie tun, sie wusste, dass Omar auch gelogen hatte.

»Aber du solltest mit ihm ausgehen, meinetwegen kann ich ihm nicht vergelten, wie sehr er mir geholfen hat. Was hätte ich getan, wenn er nicht da gewesen wäre?«

»Wenn das der Fall ist, Oma, werde ich diesmal rausgehen und mich schick anziehen.«

Und tatsächlich, als Emina die Tür öffnete, und davor Omar stand, sah sie das Erstaunen in seinem Gesicht, als er sie erblickte. Er sah sie einige Augenblicke lang sprachlos an und rief dann:

»Wow, was für eine Schönheit!« Er wurde sich seines Verhaltens bewusst, beruhigt sich schnell und bemerkte die Großmutter hinter Emina, ging auf sie zu und begrüßte sie.

Oma zwinkerte ihm zu und wünschte ihnen Glück.

Emina sah in ihrem langen, schwarzen Seidenkleid einfach atemberaubend aus. Omar lief vor ihr her, um ihr die Tür zu öffnen. Sie stiegen ins Auto und starteten.

Omar fuhr ein paar Runden durch die Stadt, ohne zu wissen, wohin er Emina bringen sollte. Sie bemerkte es und schlug vor, wohin sie gehen sollten. Emina entschied sich für ein kleines Restaurant außerhalb der Stadt. Omar stimmte zu und sie setzten ihre Fahrt in Richtung Restaurant fort. Als sie dort ankamen, stellten sie fest, dass das Restaurant nicht geöffnet war und gerade renoviert wird.

»Tut mir leid, Omar, ich wusste nicht, dass es geschlossen ist. Sie fühlte sich schlecht, weil es ihre Idee war.

Für Omar war es egal. Es war ihm nur wichtig, dass sie zusammen waren, also lachte er nur und sagte: »Jetzt wähle ich den Ort aus, wohin wir gehen werden.«

Emina stimmte zu.

Omar suchte sich ein exklusives Restaurant aus, in das vor allem Leute mit großem Geldbeutel kamen.

Sie setzten sich an einen Tisch, bestellten Getränke und Abendessen. Während des Essens redeten sie hauptsächlich über die Arbeit. Emina sprach über den Verlauf des Seminars und Omar darüber, wie es ihm in seinem Unternehmen ging.

Als sie mit dem Abendessen fertig waren, schlug Emina vor, dass sie gehen sollten.

Auf dem Weg zum Auto dachte Emina darüber nach, wie schön es wäre, wenn Omar über andere Themen gesprochen hätte. Und Omar dachte darüber nach, wie es wohl gewesen wäre, wenn er ihr gesagt hätte, dass er in sie verliebt ist.

Sie saßen im Auto. Omar hatte es satt, sich zurückzuhalten, und wollte ihr seine Gefühle zeigen.

Er nahm Eminas Hand. Er wollte ihr etwas sagen, wusste aber nicht wie, er zog sie an sich und begann sie sanft zu küssen. Emina stieß ihn reflexartig ab, verängstigt und überrascht von sich.

Als Omar dies sah, sprach er: »Tut mir leid, Emina, ich konnte nicht anders.«

Er nahm erneut ihre Hand, drückte sie und sagte leise: »Es tut mir leid«, und bat sie noch einmal um Vergebung.

Jetzt sprach Emina. »Es ist okay, Omar.« Sie beugte sich vor und küsste ihn.

Omar hatte das Gefühl, auf einem anderen Planeten zu

sein, irgendwo, wo sie beide allein waren, und die Momente genossen. Jetzt schob Omar sie sanft von sich weg und sagte: »Emina, ich bin in dich verliebt, aber wirklich, wirklich verliebt. So etwas habe ich noch nie zuvor gespürt.«

Emina schwieg eine Weile, sie fühlte sich wohl in seiner Umarmung, aber sie dachte, dass Omar schon oft von anderen Frauen vor ihr begeistert war. Es würde ihr schwerfallen, das zu verdrängen, aber sie wollte die vorherigen Momente nicht verderben.

»Lass uns nach Hause gehen«, sagte sie.

»Wie du willst, Emina, lass uns gleich gehen«, und sie starteten.

Das hat mir für den Anfang gereicht. Ich werde mich um Emina noch mehr bemühen, dachte er.

Als sie im Hof von Eminas Haus ankamen, sagte Omar zu ihr:

»Emina, möchtest du mich zum Abendessen bei Hamzas Freundin begleiten?« Dann erzählte er ihr alles über Hamza und Vanessa.

»Gern, Omar, ich freue mich auch für Hamza.«

»Dann ist es abgemacht.«

Sie küssten sich zum Abschied, Emina ging ins Haus und Omar fuhr davon.

Natürlich saß Oma Jasmina vor dem Fernseher und wartete auf die neuesten Nachrichten von Emina. Sobald Emina eintrat, rief ihre Großmutter:

»Ich kann die Veränderung in deinem Gesicht sehen, Emina, und glaub mir, ich bin wegen dir genauso glücklich wie du.«

»Ja, Oma, du kennst deine Enkelin sehr gut«, lachte Emina. «Wir haben uns geküsst. Jetzt sind wir ein Paar. Ich

war zum Abendessen bei Hamzas Freundin eingeladen.«
Als sie das sagte, wurde Emina nachdenklich.

»Aber was ist los, Emina?«

»Ich habe Angst, Oma, dass ich ihn verliere. Ich habe zu lange darauf gewartet, ihn jetzt zu verlieren.«

»Warum glaubst du, dass du ihn verlieren wirst?«

»Du kennst Omar, Oma. Er hat Frauen ständig gewechselt. Keine der Beziehungen hielt lange. Ich fürchte, dass es bei mir genauso sein wird.«

»Emina Schatz, denk bitte nicht so negativ. Lass dich gehen und genieße die gemeinsame Zeit mit ihm. Ich persönlich denke, dass Omar sich verändert hat. Ja, er hat sich verändert, aber er hat die Frau, die er wirklich liebt, nicht gefunden. Ich hoffe, du bist die Richtige. Schließlich wird die Zeit es zeigen, und du solltest aufhören, so zu denken, und dich anstrengen. Du hast auf Omar gewartet und gewartet, jetzt, wo er da ist, versuche es zu genießen.«

»Danke Oma für den Rat.«

Danach gingen Emina und Omar regelmäßig gemeinsam aus. Ihre Liebe wurde immer stärker.

Das Abendessen bei Vanessa war sehr lecker. Alle mochten sie, Emina, Omar und Hamza lobten sie am meisten.

»Das Ende unseres Kurses naht, Hamza«, sagte Vanessa. »Es tut mir leid, denn ich habe wirklich viel gelernt und ich habe mich in der Gruppe sehr wohlgefühlt.«

»Ja, ich werde es auch vermissen«, antwortete Hamza.

Omar lachte laut und fügte hinzu: »Warum werdet ihr es vermissen, Täubchen, da ihr trotzdem abhängen und kochen könnt? Da ihr nun wisst, wie man kocht, könnt ihr Rezepte erfinden. Macht euch keine Sorgen darüber, wer es probieren wird, Emina und ich kommen gerne zu euren Abendessen.«

Alle lachten laut.

»Komm schon, Omar, mach dich nicht über sie lustig, sondern hilf mir, den Tisch aufzuräumen«, sagte Emina. Vanessa hat gekocht und wir kümmern uns ums Aufräumen.

»Oh nein«, protestierte Omar.

»Oh ja«, antwortete Emina und die beiden räumten den Tisch auf.

»Jetzt, wo wir damit fertig sind, können wir gehen, Omar.«

Emina und Omar verabschiedeten sich von Vanessa und Hamza und verließen das Haus.

»Was sollen wir morgen machen, Omar, da es Sonntag ist?«, fragte Emina ihn.

»Was auch immer du willst, meine Liebe, ich bin für dich da«, fügte Omar lächelnd hinzu.

Als sie zu Eminas Haus fuhren, überlegten sie sich im Auto, wo sie den Sonntag verbringen könnten. Sie kamen planlos auf dem Hof an. Es fiel ihnen nichts ein, was sie anziehen würde.

Oma Jasmina saß am Tisch im Hof, sie sah ziemlich besorgt aus.

Emina und Omar stiegen aus dem Auto und gingen auf ihre Großmutter zu.

»Oma, du scheinst dir Sorgen zu machen, ist etwas passiert?«, fragte Emina.

»Ja, Schatz, es ist etwas passiert.«

Emina sah sie ängstlich an und vermutete, dass sie vielleicht ihre Großmutter vernachlässigt hatte. Jetzt, wo sie mit Omar zusammen war, muss sich die Großmutter deswegen schlecht fühlen oder war sie krank, also verheimlicht sie etwas vor Emina. Emina fragte ihre Oma mit erhobener Stimme:

»Bist du krank, möchtest du, dass Omar dich ins Krankenhaus bringt? Sag mir bitte, was es ist.«

»Emina mir geht es gut, ich bin nicht krank, aber ich mache mir Sorgen, weil ich einen Maler beauftragt habe, das Haus für morgen zu streichen, es ist ein Zufall passiert. Du und ich haben über die Notwendigkeit gesprochen, das Haus aufzufrischen, und heute rufe ich den Maler an, um einen Termin zu vereinbaren, und er sagt mir, dass er morgen einen Tag frei hat, ohne nachzudenken, sage ich ihm, er soll kommen. Als wir mit dem Gespräch fertig waren, fiel mir ein, dass ich mich nicht mit dir beraten hatte. Von diesem Moment an mache ich mir Sorgen und warte darauf, dass du kommst, um zu sehen, ob ich den Termin verschieben sollte. Ich weiß nicht, was du für morgen geplant hast.«

»Machst du dir darüber solche Sorgen, Oma?« Jetzt lacht Emina. »Oh Gott sei Dank geht es dir gut. Ich bin sauer auf dich, Oma, weil du mir so große Sorgen gemacht hast, dass ich dachte, dir wäre etwas passiert.«

Omar erinnerte sich daran, wie Emina mit ihm morgen irgendwohin gehen wollte, also mischte er sich in das Gespräch ein. »Emina, könntet ihr es auf einen anderen Zeitpunkt verschieben oder jemanden finden, der Oma unterstützt, wenn sie Hilfe braucht?«

»Nein, Omar, wir haben sowieso keine Ahnung, wohin wir gehen sollen. Oma machte sich Sorgen, weil sie weiß, dass ich bei Malerarbeiten dabei sein möchte. Ich muss einfach da sein. Ich möchte nicht, dass der Termin verschoben wird, es ist besser, früher fertig zu werden, und ich brauche auch etwas Aktivität, in letzter Zeit, Omar, verbringen wir fast unsere gesamte Freizeit draußen.«

»Wenn du das willst, zähle auf mich. Ich werde morgen nach dem Frühstück kommen und hoffe, dass ich euch von Nutzen sein kann«, sagte Omar.

»Danke Omar, du wirst uns helfen, am Morgen werden wir alle Sachen wegräumen und sie mit Abdeckfolie abdecken. Das haben Oma und ich bis jetzt so gemacht. Der Maler wird die Arbeit schneller erledigen, wenn er nur die Wände streicht.«

»Okay, wir sehen uns morgen«, sagte Omar, verabschiedete sich von der Großmutter, küsste Emina und ging. Er dachte, dass er so etwas noch nie getan hatte. Vater Hamza bezahlte die Arbeiter immer für alles, was rund um das Haus oder auf dem Hof erledigt wurde. Er musste sich körperlich und geistig darauf vorbereiten.

Als er nach Hause kam, erzählte er Hamza, was passiert war.

»Es ist nicht so schrecklich, wie du es dir vorstellst, Omar«, sagte Hamza lächelnd. »Du wirst sehen, es wird sogar schön sein. Wenn man in guter Gesellschaft ist, sollte nichts schwierig sein.«

»Ich hoffe, dass es so sein wird«, sagte Omar.

Bevor der Maler eintraf, waren Emina und Omar mit dem Abdecken fertig. Großmutter erlaubten sie nichts zu tun. Sie schlugen ihr sogar vor, mit einer ihrer Freundinnen spazieren zu gehen, um ihr den Stress zu nehmen.

Oma weigerte sich, weil sie meinte, sie müsse noch da sein, damit alles in bester Ordnung sein werde.

Omar war überrascht, wie gut ihm die körperliche Arbeit gefiel. Er bat den Maler um eine Rolle, damit er eine Wand streichen konnte. Wie durch ein Wunder gelang es ihm, als hätte er sein ganzes Leben lang gemalert. Er hatte eine wundervolle Zeit, Emina kümmerte sich um das Essen. Der Tag ging schnell zu Ende und alles war erledigt.

Ganz am Ende des Tages war Omar noch etwas müde, aber sobald er duschte und zu Bett ging, fühlte er sich besser.

Im Bett dachte Omar an Emina. Er wusste nicht, ob sie gut kochen konnte, er wusste nicht, wie geschickt sie in der Hausarbeit war. Auch fragte er sich, wie viele Geheimnisse Emina hatte. Jetzt wusste er, dass sein oft zitierter Satz »Alle Frauen sind gleich« nicht stimmte. Er sagte sich: »Ich bin ein glücklicher Mann.«

Für Omar war dies eine neue Erfahrung, die er sehr genoss. Ja, es machte ihm Spaß, das Haus zu putzen, während er früher dachte, es sei das Langweiligste, was ein Mann tun könne. Er hätte nie gedacht, dass er das eines Tages tun würde. Er war ein verwöhnter reicher Junge.

Die Woche verging mit Arbeitsverpflichtungen, sowohl bei Emina als auch bei Omar, sie schafften es nicht einmal, sich zu treffen, sie telefonierten nur.

Omar bereitete am folgenden Wochenende eine Überraschung für Emina vor. Er wollte ihr einen Verlobungsring kaufen, also gingen sie zu einem Juweliergeschäft.

»Omar, du bringst mich zu einem Juwelier?«

»Ja, richtig Emina.«

»Das ist eine Überraschung«, lächelte Emina.

Sie gingen hinein. Omar küsste sie und sagte: »Wähle den schönsten Ring.«

Emina schaute sich aufmerksam um und entschied sich schließlich für einen schlichten Ring mit Zirkonia.

Als Omar das sah, musste er reagieren.

»Emina, schau bitte nicht auf die Preise, ich möchte, dass du den schönsten auswählst.«

»Das ist für mich der schönste, Omar. Ich habe den schönsten ausgewählt.«

Omar konnte es nicht glauben. Emina wählte einen einfachen Ring, den Omar seiner Freundin niemals kaufen würde, aber er respektierte Eminas Wahl, bezahlte den Ring und steckte ihn Emina an den Finger. Er erinnerte sich an Hana. Wenn er sie zu einem Juwelier gebracht hätte, hätte sie die Hälfte des Geschäfts leer gekauft.

Er lächelte bei diesem Gedanken, drückte Emina fest an sich und sagte:

»Jetzt laden wir Oma, Vanessa und Hamza zum Feiern ein.«

»Omar, das ist nicht nötig«, sagte Emina und sie verließen das Juweliergeschäft.

Vor dem Geschäft stand eine Frau, begleitet von einem älteren Mann. Emina konnte ihren entsetzten Blick auf die Frau nicht verbergen. Sie schaute zu Omar, um seine Reaktion zu sehen, denn sie hatte noch nie jemanden gesehen, der so einen Fehler gemacht hatte. In Omars Gesicht sah sie Wut und Enttäuschung, ihr war nichts klar. Warum veränderte sich Omars Stimmung so sehr?

Es war Hana, Emina erkannte sie nicht. Omar jedoch hatte Hana sofort erkannt. Er zog Eminas Hand, sodass sie einfach an Hana und dem älteren Herrn vorbeigehen konnten. Omar kam nicht auf die Idee, sie zu begrüßen, er schämte sich, mit so einer Frau zusammen gewesen zu sein. Er versuchte, sie zu ignorieren, aber als sie aneinander vorbeikamen, sprach Hana zuerst.

»Hallo Omar! Es ist lange her, seit wir uns gesehen haben.«

»Guten Tag«, antwortete Omar, ohne in ihre Richtung zu schauen.

Er wollte weitermachen, aber Hana fragte weiter.

»Wie geht es dir? Was geht bei dir ab? Ich sehe, du bist in guter Gesellschaft.«

Jetzt intervenierte Emina, erinnerte sich daran, wer die entstellte Frau war, fasste sich vor Überraschung, streckte Hana die Hand hin und sagte:

»Ich bin Emina, Omars Freundin. Ich glaube, wir haben uns schon einmal kennengelernt, aber ich erinnere mich nicht genau.«

Hana fuhr fort: »Du hast dich wahrscheinlich nicht sofort an mich erinnert, weil ich mich verschönern ließ«, prahlte Hana stolz.

Emina starrte auf Hanas Dekolletee. Jede Brust wog vermutlich um die sieben Kilogramm, und sie fragte sie: »Haben Sie nicht doch ein bisschen übertrieben?« Es war Emina unabsichtlich herausgerutscht.

»Nein, überhaupt nicht, das Aussehen ist mir sehr wichtig«, antwortete Hana und fuhr fort.

«Tatsächlich wurde mir beim letzten Besuch bei meinem Chirurgen geraten, die Implantate wegen der Schmerzen im Rücken zu entfernen. Aber damit kann ich mich nicht abfinden, ich habe lieber die Übungen gemacht, zu denen sie mir auch geraten haben. Ich kann mir ein Leben ohne meine großen Brüste nicht mehr vorstellen.«

Omar konnte sich das nicht mehr anhören, er zog Emina weg und sagte nur grob: »Wir müssen gehen.«

Hana stellte ihnen den älteren Herrn nicht vor, sodass sie ihn nicht einmal kennenlernten.

Als sie sich von Hana entfernten, sagte Emina zu Omar:

»Ich habe Hana einmal gesehen, als ihr zusammen wart. Vor ihrer Verwandlung sah sie fantastisch aus. Jede Frau konnte sie um ihre Schönheit beneiden. Was ist passiert, wie kam es dazu?«

»Emina, bitte vergib mir. Ich möchte mich nicht noch mal an diese Zeit erinnern und ich zucke zusammen, wenn ich an ihr Erscheinen denke. Ehrlich gesagt muss ich zugeben, dass ich mich für sie schäme.«

Emina bemerkte, wie unbehaglich Omar diese Situation war, also wechselte sie das Thema.

»Omar, lass uns heute Abend bei mir kochen. Wir laden Hamza und Vanessa ein, Oma würde sich freuen. Und weißt du, wen ich noch einlade?«

»Nein, sag es mir.«

»Ich werde Katarina und Senad einladen. Seit sie aus dem Urlaub zurück sind, haben wir uns noch gar nicht gesehen.«

»Gute Idee«, sagte Omar, »aber ich möchte nicht, dass du für so viele Menschen kochst. Ist es nicht besser, in ein Restaurant zu gehen?«

»Wenn ich darüber nachdenke, hast du recht, Omar, ich habe es ein bisschen übertrieben. Ich habe dir gesagt, dass wir unsere Verlobung feiern sollten, das ist der Grund für das Abendessen.«

Diesmal stimmte Emina zu.

»Emina, ich möchte dich noch etwas fragen, und zwar bitte, bitte, erzähl niemandem von Hana.«

»Okay Omar, lass uns jetzt einen Tisch im Restaurant buchen und unsere Gäste einladen. Uns bleibt nur noch wenig Zeit.«

Alle eingeladenen Gäste nahmen die Einladung an und kamen gerne. Der Abend war voller Überraschungen.

Katarina und Senad erwarteten ein Baby. Senad hatte einen Job in einer Klinik in der Nachbarstadt bekommen und würde deshalb bald umziehen. Diese Nachricht machte Emina traurig, andererseits freute sie sich für ihn.

»Wir haben auch Neuigkeiten«, sagte Hamza. Er nahm Vanessas Hand und fuhr fort. »Angesichts der Tatsache, dass ich nach vielen Jahren der Einsamkeit endlich einen Menschen gefunden habe, mit dem ich den Rest meines Lebens, jede freie Minute, jeden Moment, verbringen möchte, und da Vanessa das Gleiche denkt, haben wir beschlossen, dass Vanessa bei mir einziehen soll.«

Omar stand als Erster auf, schüttelte seinem Vater die Hand und gratulierte ihm. Er freute sich für Hamza. Dann umarmte er Vanessa und sagte ihr: »Willkommen, ich freue mich für dich.«

Vanessa war es sehr wichtig, dass Omar nichts dagegen hatte, dass sie bei seinem Vater einziehen würde. Anschließend gratulierte die Großmutter Katarina und Senad, dann Vanessa und Hamza. Nachdem sie Emina und Omar angesehen hatte, fragte sie:

»Gibt es etwas Neues bei euch, da ihr uns zum Abendessen eingeladen habt und wir den Grund immer noch nicht kennen?«

»Ja, auch hier gibt es etwas Neues«, sagte Omar. »Wir haben uns verlobt.«

Oma war nicht wirklich glücklich darüber. Sie hätte sich gewünscht, dass Omar ihre Hochzeit angekündigt hätte. Aber andererseits gab es zumindest einen Fortschritt, und die Hochzeit wird eines Tages passieren, tröstete sich

Oma. Sie wollte ihre Enkelin unbedingt glücklich in ihrem Hochzeitskleid sehen. Großmutter träumte heimlich von dem Tag, an dem sie Urenkel bekommen würde. Früher bedauerte sie, dass ihre Enkelin einen Jungen wie Omar mochte, aber jetzt sah sie, wie sehr sich Omar verändert hatte. Er war nicht mehr der alte Omar, und so war die Großmutter zufrieden, dass für ihre Enkelin endlich die Zeit gekommen war, mit ihrem geliebten Schwarm zusammen zu sein.

Einige Monate später entschloss sich Emina schließlich, die Fahrprüfung abzulegen. Sie hat die Kurse in Erste Hilfe und Theorie bestanden. Es liegen noch ein paar Fahrstunden vor ihr und Emina ist bereit für die Abschlussprüfung.

Es war Freitag, der letzte Arbeitstag der Woche. Eminas Fahrstunde war direkt nach der Arbeit. Der Fahrlehrer wartete bereits vor dem Krankenhaus auf Emina.

»Tut mir leid, ich bin etwas spät dran«, sagte Emina zum Fahrlehrer, der auf dem Fahrersitz saß. »Ich bin sehr müde«, beklagte sie sich bei ihm. »Heute war ein anstrengender Tag für mich.«

»Ganz ruhig, wir haben keine Eile«, sagte ihr der Fahrlehrer.

Emina startete langsam das Fahrzeug und befand sich nach kurzer Zeit auf der Hauptstraße.

Der Tag war neblig, die Straße rutschig, irgendwann verlor Emina die Kontrolle über das Fahrzeug. Die Reifen quietschten, es knallte und Emina verlor das Bewusstsein.

Sie öffnete die Augen, sah sich um. Sie war in dem Krankenhaus, in dem sie arbeitete. Omar saß neben ihr.

»Was ist passiert?«, fragte sie ihn.

»Vor fünf Tagen bekam ich einen Anruf aus dem Krankenhaus. Ich bin sofort gekommen. Du hattest beim Autofahren einen Unfall. Als du ins Krankenhaus gebracht wurdest, warst du bewusstlos. Ich bin jeden Tag hier neben dir gewesen.«

»Und Oma, was ist mit Oma, weiß sie es?«

»Oma weiß es. Ich wollte sie abholen, sie kam vorbei, aber ich muss dir sagen, dass es ihr nicht gut geht.«

»Komm, Emina«, sagte Omar und reichte ihr das Telefon. »Rufe kurz Oma an, damit sie weiß, dass du aufgewacht bist. Dann wird sie sich auch besser fühlen.«

Emina rief sofort ihre Großmutter an.

»Oma, mir geht es gut, mach dir keine Sorgen, ich werde bald zu Hause sein«, sagte Emina zu ihrer Großmutter, obwohl sie nicht einmal wusste, wann sie zu Hause sein würde.

Emina redete noch ein wenig mit ihrer Großmutter, legte auf und fragte:

»Omar, wo ist der Fahrlehrer, was ist mit ihm passiert?«

»Mach dir keine Sorgen, es geht ihm gut«, sagte Omar zu ihr.

Omar wollte Emina gegenüber nicht zugeben, dass der Fahrlehrer ebenfalls im Krankenhaus lag. Er erlitt Verletzungen am rechten Bein und an der linken Hüfte. Hamza kümmerte sich um das Auto des Fahrlehrers und seine Behandlung.

»Wann kann ich nach Hause gehen?«, fragte Emina. Genau in diesem Moment betrat ihr Kollege Adam den Raum.

»Willkommen, Kollegin«, sagte der Arzt. »Du bleibst noch ein paar Tage bei uns für weitere Untersuchungen.

Und jetzt schicken wir deinen Verlobten nach Hause, er hat uns viele Probleme bereitet«, scherzte der Arzt mit Emina. Tatsächlich hatte man Omar bereits gebeten, nach Hause zu gehen, aber er lehnte es ab. Die ganzen fünf Tage blieb er im Krankenhaus, nur einmal holte er ihre Großmutter ab, die Emina besuchen wollte. Er hatte im Flur geschlafen und war sehr erschöpft.

Emina fühlte sich schlecht, aber sie verstand, was der Arzt ihr sagen wollte, also nahm sie Omars Hand und sagte:

»Omar, bitte geh zu Oma, rede mit ihr, versichere ihr, dass es mir gut geht, und ruh dich aus und komm morgen wieder zurück. Du musst nicht ständig hier sein.«

Omar wusste, dass es Oma auch sehr schlecht ging. Deshalb gehorchte er Emina und ging zu Oma. Er ging davon aus, dass seine Großmutter die Tage so gut wie nichts mehr gegessen hatte, also kaufte er unterwegs für beide ein Mittagessen.

Als er das Haus der Großmutter betrat, umarmte sie ihn und fragte schluchzend:

»Omar, sag mir die Wahrheit über Emina. Ich möchte sie sehen.«

Omar versuchte sie zu beruhigen.

»Emina geht es gut, deshalb bin ich gekommen, sonst wäre ich bei ihr gewesen. Ich habe uns das Mittagessen mitgebracht. Hier werde ich den Tisch decken und wir werden gemeinsam zu Mittag essen.«

»Omar, ich möchte nicht zu Mittag essen, ich habe keinen Hunger.«

»Dann esse ich auch nicht, wenn Sie es nicht tun, werde ich es auch nicht«, sagte Omar.

Nun wurde der Großmutter bewusst, dass sie sich geirrt

hatte, denn Omar sah genauso blass und erschöpft aus wie sie, also beschloss sie, ihm beim Mittagessen Gesellschaft zu leisten.

Sie setzten sich beide an den Tisch und aßen zu Mittag.

»Brauchen Sie etwas, Jasmina? Ich kann etwas für Sie einkaufen, wenn Sie etwas brauchen.«

»Danke Omar, ich brauche nichts.«

»Wann gehst du wieder zu Emina?«, machte sich Großmutter Sorgen.

Als Omar sah, wie sehr sich die Großmutter um Emina sorgte, beschloss er, sie ein wenig aufzumuntern. Mit einem Lächeln sagte er:

»Ich wäre immer noch bei ihr im Krankenhaus, aber die Ärzte haben mich rausgeschmissen und Emina hat mir auch gesagt, dass ich schlecht aussehe, dass ich nach Hause gehen und duschen und mich ausruhen soll. Morgen werde ich ausgeruht und ordentlich zu ihr gehen.«

»Darf ich auch mit dir kommen, Omar?«, fragte die Großmutter schnell.

»Natürlich, ich hole Sie ab.«

Omar küsste die Großmutter auf die Stirn und machte sich auf den Heimweg.

Am nächsten Tag waren alle bei Emina, Oma, Omar, Vanessa und Hamza im Krankenhaus.

Sie redeten nur über lustige Themen, um Emina zum Lachen zu bringen. Wenig später betraten Katarina und Senad den Raum. Emina fühlte sich bereits besser. Alle ihre Liebsten waren da. Katarina setzte sich neben sie und nahm ihre Hände.

»Wie geht es dir, meine Freundin«, fragte sie unter Tränen, sie konnte sie nicht aufhalten.

»Mir geht es gut«, antwortete Emina.

»Katarina, weine nicht«, sie schaute auf ihren Bauch, der ziemlich groß war, und fügte hinzu: »Du wirst das Baby traurig machen«, dann fragte sie, wann das Baby kommt.

»In etwa fünfzehn Tagen«, antwortete Katarina.

»Äh, ich muss mich vollständig erholen. Ich will sie auf den Beinen empfangen«, sagte Emina und alle lachten.

Sie blieben noch etwas und die Besuchszeit war vorbei.

Eminas Genesung dauerte drei Monate.

Sie verließ schließlich das Krankenhaus. Während sie im Krankenhaus war, besuchte Omar sie jeden Tag. Neben Omar besuchte auch Katarinas und Senads zwanzig Tage alte Tochter Lejla sie im Krankenhaus.

Emina wollte die Fahrprüfung nicht weitermachen. Die Angst vor dem Autofahren blieb bestehen. Der Gedanke, dass durch sie jemand verletzt werden könnte, auch sie selbst, nahm ihr die Lust am Autofahren. Sie beschloss, dieses schreckliche Ereignis, wenn möglich, zu vergessen.

Emina kehrte zur Arbeit und zum normalen Leben zurück.

Omar sagte Hamza, dass er Emina so schnell wie möglich heiraten wolle.

»Gott sei Dank, dass ich es abgewartet habe, Omar«, sagte Hamza. »Ich möchte dir eine große Hochzeit veranstalten, auf meine Kosten. Omar, ich lebe für diesen Tag. Ich kümmere mich um alles rund um die Hochzeit.«

»Langsam Hamza, ich habe Emina noch nicht gefragt.

Ich werde sie überraschen. Heute werde ich zum Juwelier gehen und den teuersten Ring für sie kaufen. Du weißt, Hamza, wie bescheiden Emina ist. Wenn ich ihr sagte, sie solle mit mir einen Ring aussuchen, würde sie den billigsten nehmen. Dieses Mal werde ich allein gehen. Heute Abend werde ich sie fragen, ob sie mich heiraten wird.«

»Okay, Omar, und lass es mich bitte sofort wissen, wenn sie angenommen hat.«

Omar tat, was er sich vorgestellt hatte, er kaufte einen Ring, der ihm gefiel, und ging zu Emina.

Emina öffnete die Haustür, nachdem sie die Glocke gehört hatte, und war überrascht.

»Omar, woher kommst du? Du hast nicht gesagt, dass du kommst.«

»Ich wollte dich überraschen«, antwortete er und ging hinein.

Oma freute sich über seine Ankunft.

»Willkommen, Omar«, sagte die Großmutter. »Während Emina im Krankenhaus lag, war das Haus leer. Du kamst eine Weile kurz vorbei, aber ich war größtenteils allein. Jetzt freue ich mich darauf, dass es wieder wie früher sein wird.

Omar kniete sich direkt neben Emina auf den Boden, nahm ihre Hand, holte den Diamantring aus seiner Tasche, steckte ihn Emina an die Hand und fragte:

»Emina, meine Liebe, mein Glück, meine Einzige, bevor ich dich traf, wusste ich nicht, dass es eine Frau wie dich gibt, ich liebe dich, meine Einzige, ich möchte den Rest meines Lebens mit dir und für dich verbringen. Meine Liebe, sag mir, ob du dasselbe willst. Emina, willst du mich heiraten?«

Emina blickte auf den Ring, dann auf Omar, den Ring,

dann auf Omar. Sie war verwirrt, sie merkte nicht, dass Omar so etwas vorbereitete, aber natürlich freute sie sich.

Sie umarmte Omar, küsste ihn und beantwortete seine Frage:

»Ja, Omar, ich möchte dich heiraten.«

Oma Jasmina weinte, es waren Freudentränen. Sie war glücklich, ihren Schatz glücklich zu sehen. Und andererseits spürte sie einen Krampf in der Brust, ein Gefühl der Traurigkeit überkam sie, als hätte Omar sie nun von ihrer Großmutter getrennt, das Gefühl einen geliebten Menschen zu verlieren. Natürlich teilte die Großmutter dieses Gefühl nicht mit Emina und Omar.

Plötzlich klingelte es an der Tür. Emina sah ihre Großmutter an und zuckte mit den Schultern, sie erwarteten keine Gäste.

Nachdem er die Tür geöffnet hatte, rannte Hamza ins Haus und rief laut:

»Und … Omar, du hast mir gesagt, du wirst anrufen, ich habe ewig gewartet. Ich konnte nicht mehr auf das Telefon schauen, ich musste kommen.«

Alle lachten. Omar nahm Eminas Hand und zeigte Hamza den Ring.

Hamza umarmte seinen Sohn fest, dann stieß er ihn weg und sagte:

»Herzlichen Glückwunsch, mein Sohn«, er umarmte ihn noch einmal, stieß ihn weg und fügte hinzu: »Ja, das ist mein Sohn.«

Dann umarmte er Emina, küsste sie auf die Wange und sagte zufrieden:

»Vielen Dank, dass du dich bereit erklärt hast, die Frau meines Sohnes zu werden. Du wirst für mich wie eine

Tochter sein. Komm jetzt, mach uns einen Kaffee, damit wir weiterreden können.«

Emina bereitete Kaffee zu und beim Kaffee sprachen sie über die Hochzeit.

Hamza wollte, dass es eine große Hochzeit würde, dass Emina nach der Hochzeit bei ihnen einzieht oder dass sie ein eigenes Haus kaufen.

Omar wollte, dass Emina morgen zu ihnen zieht.

Emina beschloss dennoch, bis zur Hochzeit bei ihrer Großmutter zu bleiben, und dann würde sie darüber nachdenken. Natürlich wollte sie, dass die Hochzeit bescheiden ausfällt.

Während die drei darüber sprachen, wo Emina bleiben würde, weinte die Großmutter leise.

Emina wusste, warum ihre Großmutter weinte - sie wollte nicht, dass Emina sie verlässt. Sie umarmte Oma fest und drehte sich zu Omar um:

»Schatz, du weißt, wie sehr ich dich liebe. Ich bin bereit, dich zu heiraten. Ich habe zu lange damit gewartet, dein Angebot jetzt abzulehnen. Aber ich habe eine Bedingung. Ich möchte meine Oma nicht verlassen, ich möchte, dass du bei uns einziehst.«

Omar liebte Emina so sehr, dass er ihr, ohne nachzudenken jeder Bitte nachkam, doch Hamza war enttäuscht. Er wollte eine große Hochzeit für seinen Sohn - er wollte, dass Omar bei ihm wohnt oder ihm ein großes Haus kaufte, leider musste er sich mit ihrer Entscheidung abfinden.

Hamza bat Emina und Omar, das Datum der Hochzeit festzulegen und ihm die Organisation mit Vanessas Hilfe zu überlassen.

Sie waren damit einverstanden und konnten seinen

Wunsch nicht ablehnen. Aber Emina und Omar machten die Einladungen für die Gäste.

Die Tage vergingen, alle freuten sich auf die Hochzeit. Bis zur Hochzeit blieb noch ein Monat.

Hamza hatte bereits Kontakt zu den Musikern aufgenommen, die die Gäste unterhalten würden. Er hatte den Raum reserviert, in dem die Feier stattfinden würde, und er hatte 300 Einladungen angefertigt, die an die einzelnen Adressen verschickt werden sollten. Hamza hatte Angst davor, was Emina und Omar ihm deswegen sagen würden, also bat er Emina und Omar, sich aus organisatorischen Gründen zu treffen, damit er es ihnen verraten und nach ihrer Zustimmung die Einladungen verschicken konnte.

Sie trafen sich im Haus von Emina und ihrer Großmutter. Alle waren anwesend, Hamza, Omar, dieses Mal auch Vanessa.

Vanessa lebte bereits seit Langem mit Hamza zusammen und vermietete ihr Haus an Studenten, damit es nicht leer stand.

Neben Kaffee und Tee servierte Emina Omas Lieblingsgebäck: einen Apfelkuchen. Alle waren von dem Kuchen begeistert, aber Oma probierte ihn nicht einmal.

»Emina, Liebes, es tut mir leid, ich kann den nicht essen, es geht mir nicht gut«, sagte sie. »Bitte redet ohne mich, entschuldigt, aber ich muss ins Bett.«

Anschließend ging die Großmutter in ihr Zimmer.

Emina sah ihr enttäuscht und besorgt nach. Oma würde die Gäste niemals verlassen und sich ins Zimmer zurückziehen. Mit ihr stimmte etwas nicht, hatte Emina Angst.

Sie folgte ihr. Oma lag schon im Bett.

»Oma, wie geht es dir, bist du krank?«

»Nein Schatz, ich bin nur müde. Bitte bring Omar zu mir.«

Emina kehrte ins Wohnzimmer zurück, rief Omar und gemeinsam gingen sie zu ihrer Großmutter hinein.

Sie legte Eminas Hand in ihre und Omars auf Eminas und flüsterte ihnen leise zu.

»Meine Kinder, ich bin so müde, ich habe Angst, dass ich die Hochzeit nicht sehen werde. Ich möchte, dass ihr wisst, dass ich mich für euch freue. Ich liebe euch unendlich, passt aufeinander auf und liebt euch immer, genau wie jetzt, genießt jeden Moment zusammen. Das Leben wartet nicht, es vergeht einfach. Meine Kinder, ich wünsche euch alles Glück der Welt.«

Oma drehte den Kopf zur Seite, als sie das sagte.

Emina sah Omar entsetzt an, sie durfte ihre Großmutter nicht berühren, sie hatte Angst vor der Wahrheit.

»Omar, was ist mit Oma los? Sie benimmt sich seltsam.«

Omar verließ schnell den Raum und kam wieder zurück. Auch Vanessa betrat den Raum, sie nahm Emina in die Arme und flüsterte ihr zu.

»Emina komm ins Wohnzimmer, meine Liebe«, aber sie konnte ihre Tränen nicht verbergen.

Emina wusste es, sie weinte laut und wiederholte schluchzend: »Nein, Oma, verlass mich nicht, verlass mich bitte nicht.«

Emina war außer sich, weinte, schluchzte, schrie. Omar tröstete sie. Jeder war im Schock. Der Tod geschah einfach so.

Sie ließen Emina in dieser Nacht nicht allein. Als sich Emina nach dem Schock etwas beruhigte, rief sie ihren

Vater Amir an und informierte ihn über den Tod ihrer Großmutter.

Sohn Amir, Omar und Hamza kümmerten sich um die Beerdigung der Großmutter. Vanessa war die ganze Zeit an Eminas Seite.

Nach dem Weggang der Großmutter war eine große Leere im Haus zu spüren, alles erinnerte an sie. Emina brauchte Zeit, um sich mit dem Tod ihrer Großmutter abzufinden. Im Einvernehmen mit Emina verschob Omar die Hochzeit.

Wenige Tage nach dem Tod ihrer Großmutter kehrte Emina zur Arbeit zurück. Sogar während sie das Abendessen servierte, stellte sie Besteck für Oma bereit.

Omar versuchte jeden Tag, Emina glücklich zu machen, um sie abzulenken, er nahm sie mit aus dem Haus, er verbrachte fast die ganze Zeit mit ihr. Vanessa kochte fast jeden Tag, damit Emina zum Mittagessen von der Arbeit nach Hause käme.

Eines Tages, als Emina und Omar am See spazieren gingen, dachte Omar, dass es vielleicht gut für Emina wäre, wenn sie das Haus verkaufen würde, damit die Umgebung sie nicht jeden Tag an ihre Großmutter erinnern würde. Er beschloss, es ihr vorzuschlagen.

»Emina, vielleicht solltest du das Haus verkaufen, dann kannst du vor der Hochzeit bei mir einziehen. Das Haus erinnert dich zu sehr an deine Oma.«

»Nein, Omar, so etwas würde ich niemals tun. Die ganze Liebe meiner Oma ist mit diesem Haus verwoben. Sie hat es mir als Erbe hinterlassen. Alles an ihm erinnert mich an meine Oma, aber ich möchte, dass es so ist, ich möchte nichts ändern. Eines Tages, Omar, möchte ich es renovieren, ich würde es niemals verkaufen.«

Als Omar das hörte, wurde ihm klar, wie sehr Oma und Emina sich liebten. Daraufhin sagte er:

»Emina, wisse, dass ich in allem an deiner Seite bin und dich unterstützen werde, egal wie du dich entscheidest.«

Vier

Der Hochzeitstag war gekommen.

Nach dem Tod der Großmutter hatte Hamza keine Lust mehr, eine große Hochzeit zu veranstalten und wollte, dass alles so gestaltet wird, wie es Emina passt.

Emina und Omar luden nur den engsten Freundeskreis ein. Gefeiert wurde in einem Restaurant am Flussufer. Obwohl Emina an diesem Tag strahlte, war sie sehr traurig, sie vermisste ihre Großmutter. Sie würde alles geben, wenn ihre Großmutter, ihre Anführerin, ihre Königin, ihre Unterstützung an ihrer Seite wäre, gerade an diesem Tag. Oma hatte unbedingt Eminas Hochzeit sehen wollen, sie würde Emina sagen: »Ich möchte dich glücklich sehen.« Für die Großmutter bedeutete die Ehe erst vollkommenes Glück, und Emina war darüber verwirrt, denn Emina hielt sich für einen sehr glücklichen Menschen und hatte nur lange auf Omars Liebe warten müssen. Die gemeinsamen Jahre bei ihrer Großmutter waren eine sehr glückliche Zeit in ihrem Leben.

Hamza schenkte Emina und Omar eine Reise nach Bali, die sie nach der Hochzeit antraten. Er meinte, dass Emina das jetzt am meisten brauche. Er liebte Emina genauso wie seinen Sohn Omar. Er würde alles für sie tun, nur um die Traurigkeit in ihren Augen nicht zu sehen.

Hamza fragte sich, wo Emina und Omar leben würden. Er hätte sie gerne in seinem Haus, aber er würde sie trotzdem unterstützen, wofür auch immer sie sich entschieden. Er freute sich auch für Omar, weil er die richtige Frau gefunden hatte, jetzt seine Frau. Er war nie mit Omars Wahl seiner Frauen einverstanden, ließ ihn das aber nie wissen. Die Zeit, die Omar mit Emina verbrachte, zeigte, dass Omar ein besserer Mensch geworden war: reifer, ernster und verantwortungsbewusster. Nun war Hamza stolz auf Omar.

Emina und Omar genossen ihre Flitterwochen. Es war schön für sie, aber es musste enden.

Sie kehrten von ihrer Hochzeitsreise zu Eminas Haus zurück. Sosehr sie es genossen und sich ausruhten, so müde waren sie auch. Müde und erschöpft von der Reise schliefen sie tief und fest ein.

Emina wachte als Erste auf. Sie wollte persönlich das Frühstück für ihren Mann zubereiten. Sie dachte daran, zuerst zum Bäcker zu gehen. Emina schaute in den eingeschalteten Kühlschrank und erinnerte sich noch gut daran, dass sie ihn geleert und ausgeschaltet hatte, bevor sie gegangen waren. Sie öffnete ihn, der Kühlschrank war voll. Sie lachte, sie wusste, dass es Vanessa und Hamza gewesen waren.

Noch besser, dachte Emina. Sie musste nicht einkaufen oder zum Bäcker gehen. Stattdessen würde sie die »Mini-Gebäcke« kneten, die ihr ihre Großmutter beigebracht hatte. Das sind weiche Brötchen für jeden Anlass.

Emina stürzte sich in die Arbeit. Weniger als eine Stunde später begann das Haus zu duften, der Geruch von frischen Brötchen verbreitete sich, gefolgt von dem Duft von Kaffee.

Emina musste Omar nicht wecken, die Gerüche weckten ihn. Er ging auf seine Frau zu, umarmte sie fest und fragte:

»Womit habe ich dich verdient, meine Liebste? Es scheint mir, meine Liebe, dass ich der glücklichste Mann der Welt bin. Ja, die Gerüche haben mich geweckt, ich musste einfach aufstehen und ihnen folgen. Emina, es ist schön, dass du das Frühstück zubereitet hast. Es ist wunderbar, zu Hause zu frühstücken, nur du und ich, aber ich möchte nicht, dass du denkst, dass du verpflichtet bist, für mich zu kochen. Du weißt, ich kann nicht kochen, ich kann dir da nicht helfen, und wenn du das jeden Morgen machst, verwöhnst du mich.« Er lachte und küsste sie leidenschaftlich.

»Es ist okay«, sagte Emina, sie stieß ihn weg und fuhr dann fort: »Lass uns essen, solange es warm ist. Omar, glaube nicht, dass Kochen eine Belastung für mich ist. Im Gegenteil, ich koche gerne, so spüre ich die Präsenz meiner Großmutter. Sie hat mir alles beigebracht. Kochen ist für mich ein Hobby, ich freue mich, dass ich für dich kochen darf.« Dann lachte Emina laut und sagte: »Ich glaube nicht, dass ich wochentags kochen werde, sondern nur am Wochenende. Wenn ich jetzt wieder zur Arbeit gehe, wird es kein warmes Gebäck mehr geben.«

»Uuuuuuu, jetzt hast du mich enttäuscht«, sagte Omar lächelnd und stellte das Gebäck vor sich hin.

Nachdem Omar das so warme und köstliche Gebäck probiert hatte, lobte er seine Frau.

»Emina, du hast diesen Morgen zu etwas Besonderem gemacht, ich habe das duftende und warme Zuhause vermisst.«

»Danke, mein Einziger.«

Nach dem Frühstück besuchten sie Vanessa und Hamza.

Die Arbeitswoche begann, sie frühstückten und gingen gemeinsam zur Arbeit. Omar fuhr Emina ins Krankenhaus und setzte zur Arbeit fort. Emina war an diesem Tag schlecht. Sie ignorierte ihre Übelkeit, weil sie dachte, dass sie in den vergangenen Tagen viel gegessen hatte. Vielleicht hatte sie es übertrieben. Die Übelkeit hielt morgen und übermorgen an.

Emina machte sich darüber Sorgen, sie sagte nichts zu Omar. An dem Tag nutzte sie ihre Pause, ging in die Apotheke, kaufte einen Schwangerschaftstest und stellte nach kurzer Zeit fest, dass sie schwanger war. Sie freute sich über die Nachricht und rief sofort Omar an.

Omar war so glücklich, dass er gleich nach dem Anruf allen Arbeitern im Unternehmen einen Drink spendierte.

Hamza war gerade von einer Geschäftsreise zurückgekehrt. Sobald er das Unternehmen betrat, hörte er die gute Nachricht. Zuerst ging er zu Omars Büro. Er öffnete die Tür und umarmte seinen einzigen Sohn.

»Mein Sohn, mein Falke, mein Stolz, möge es mit Glück geschehen. Ich möchte so schnell wie möglich Opa werden«, sagte Hamza.

Omar lachte und sagte:

»Du, Opa, sieh dich an, du siehst aus wie ein Dreißigjähriger«, neckte Omar ihn.

»Omar, ich gehe sofort nach Hause, ich werde das beste Abendessen für meine Schwiegertochter zubereiten. Ich möchte es bei mir zu Hause feiern. Bitte lehne mich nicht ab, tu alles, um zu kommen.«

Zu Hause angekommen erzählte Hamza Vanessa die gute Nachricht.

»Ich helfe dir beim Abendessen, Hamza«, bot Vanessa an.

»Nein, Schatz, ich will es selbst machen, das habe ich

versprochen. Ich kreiere die Rezepte aus meinem Buch »Kochen mit Leidenschaft« und habe den Kurs mit sehr guten Noten abgeschlossen. Ich muss es schaffen. Du kannst einkaufen gehen.«

Vanessa weigerte sich, einkaufen zu gehen. Sie wusste, dass Hamza sie brauchen wird, schließlich war sie eine bessere Köchin als Hamza, also sagte sie es ihm.

»Ich möchte nicht einkaufen gehen, du weißt, ich gehe gerne mit dir zusammen. Ich bleibe hier, falls du mich brauchen solltest.«

Hamza ging unter die Dusche, nahm danach sofort sein Kochbuch und machte sich auf die Suche nach einem Rezept. Er blätterte zwei, drei Seiten um und bat Vanessa bereits um Hilfe.

»Vanessa, bitte hilf mir, gib mir einfach eine Idee, ich mache den Rest.«

»Ich wusste, dass du mich brauchen wirst. Nimm hier zum Beispiel Kürbissuppe als Vorspeise. Als Hauptgericht gibt es Polpette mit Hackfleisch und ich werde einen Kuchen mit Johannisbrot und Äpfeln backen, weil ich weiß, dass jeder diesen Kuchen mag.«

»Danke Vanessa, was würde ich ohne dich tun«, sagte Hamza und machte sich an die Arbeit.

Omar holte Emina von der Arbeit ab und erzählte ihr unterwegs vom Abendessen bei Hamza.

»Ich freue mich auf das Abendessen, Omar, aber zuerst gehen wir zu unserem Haus.« Emina nannte ihr Haus mittlerweile »unser Haus«, seit sie Omar geheiratet hatte.

Sie schlug vor zu duschen, ein wenig auszuruhen und dann würden sie rechtzeitig zum Abendessen kommen. Das taten sie dann auch.

Als sie bei Vanessa und Hamza ankamen, war der Tisch bereits gedeckt. Die beiden Gastgeber gratulierten Emina zunächst zu ihrer Schwangerschaft und setzten sich dann an den Tisch, an dem sich die Essensgerüche vermischten. Für Emina war alles köstlich. Sie nahm sich reichlich von den leckeren Speisen, jetzt aß sie für zwei.

Unmittelbar nach dem Abendessen erbrach Emina alles, was sie gegessen hatte.

»Geht es dir gut, Emina?«, fragte Vanessa.

»Danke für die Frage, mir geht es gut. Da ich jetzt in anderen Umständen bin, ist das normal. Deshalb sagt man auch andere Umstände. Bei manchen Frauen gibt es keine Veränderungen, andere haben während der gesamten Schwangerschaft Kopfschmerzen, bei mir ist das Verlangen nach Essen riesig, aber danach muss ich es erbrechen. Nachdem ich das Essen erbrochen habe, geht es mir wieder gut.«

»Gott sei Dank geht es dir gut«, fügte Hamza hinzu und fuhr fort: »Ich dachte, ich hätte beim Kochen einen Fehler gemacht. Hatte eher vermutet, dass es an meinem Abendessen lag.«

»Nein«, Emina lachte. »Das Abendessen war sehr lecker.«

»Emina, ich möchte, dass du ein Geschenk von mir annimmst, das ich dir vor der Geburt meines Enkelkindes machen möchte.«

Ohne nachzudenken, sagte Emina sofort: »Okay, was immer du willst.«

»Ich möchte, dass du eine Weile bei uns bleibst, damit ich dein Haus renovieren kann. Versteh mich nicht falsch. Ich weiß, dass du dieses Haus liebst, du bist darin aufgewachsen, es erinnert dich an deine Großmutter, es bringt dir viele Erinnerungen, aber das Baby wird Platz brauchen. Omar hat mir erzählt, dass er sich eine große Familie wünscht und dass du das Gleiche willst. Also hoffe ich, dass ihr noch mehr Kinder haben werdet.«

Was sollte sie jetzt tun, fragte sich Emina, wie sollte sie Hamzas Vorschlag ablehnen. Sie mochte Hamza und er mochte sie, dachte sie einen Moment lang und antwortete dann schließlich.

»Ich erlaube dir, Hamza, das Haus zu renovieren. Aber bitte behalte die Inneneinrichtung des Hauses bei. Sorge außerdem dafür, dass alle Gegenstände im Haus unbeschädigt bleiben. Ich möchte sie alle behalten.«

»Okay, es wird so sein, wie du es wünschst. Obwohl ich darüber nachgedacht habe, das Haus komplett zu renovieren.«

Eminas Haus war einstöckig, also beschloss Hamza, das Dach zu entfernen, ein weiteres Stockwerk aufzustocken und ein neues Dach darauf zu setzen.

Da sie es abgemacht hatten, brachte Emina ihre wichtigsten Sachen in Omars Wohnung. In kurzer Zeit beauftragte Hamza die Firmen für den Bau und die Renovierung des Hauses. Innerhalb von nur drei Monaten wurde das Haus renoviert. Während der Bauarbeiten ging Emina nicht zum Haus. Omar kam vorbei, aber er tat nichts, er erzählte Emina, was los war und wie es voranging, er wollte sie damit nicht belästigen.

Außer der Essensübelkeit hatte Emina während ihrer Schwangerschaft keine weiteren Probleme. Sie achtete auf ihre Ernährung, ging häufig spazieren und besuchte regelmäßig den Frauenarzt, der ihr immer sagte, dass alles in

Ordnung sei. Emina bat ihn, ihr nicht zu sagen, ob es ein Junge oder ein Mädchen ist, sie wollte, dass es eine Überraschung würde. Aber Omar wollte es wirklich wissen. Es störte ihn nur, dass er es nicht wusste. Also flehte er den Arzt jedes Mal an, es ihm zu sagen, aber der Arzt hatte Emina Stillschweigen versprochen und durfte es Omar nicht sagen.

Eines Tages dachte Emina: Es ist nicht fair von ihr, dass selbst Omar das Geschlecht des Kindes nicht kennt. Schließlich entschied sie sich, es ihm zu sagen.

»Omar, ich möchte morgen zum Frauenarzt gehen. Ich denke, du solltest das Geschlecht des Kindes wissen.«

»Nein Emina, das ist kein Problem, es ist sowieso bald fällig, ich will es auch nicht wissen. Lass es für alle eine Überraschung sein. Es ist uns allen wichtig, dass es dem Baby gut geht, egal ob Junge oder Mädchen. Morgen gehen wir zu unserem Haus, um es uns anzusehen, Hamza sagte, dass alles fertig sei.«

»Ich freue mich darauf, Omar, ich möchte unser Haus sehen.«

Am nächsten Tag gingen sie alle zum Haus, Vanessa, Hamza, Emina und Omar.

Als Emina sich dem Haus näherte, bemerkte sie einen neuen Zaun. Es war einer der moderneren Zäune. Sie fuhren mit dem Auto auf den Hof. Emina stieg als Erste aus dem Auto, sie konnte nicht glauben, dass sie in ihrem Garten vor ihrem Haus stand. Der Hof und das Haus waren wie im Märchen gestaltet. Im Erdgeschoss, wo Emina wohnte, hatten die Wände neue Farben, alles, was sie hier kannte, war noch da, aber das Sofa im Wohnzimmer war mit einem neuen Stoff bezogen, genau wie die Sessel. Die beiden Schlafzimmer blieben gleich, sahen aber durch die neuen Farben frischer aus, die Küche und der Esstisch wurden in den gleichen Farben neu gestrichen. Alles war sauber und ordentlich. Emina, begleitet von den anderen, stieg die Treppe hinauf in den Stock, den es vorher noch nicht gegeben hatte. Es gab zwei Kinderzimmer, ein Badezimmer, eine Toilette und einen großen Bereich, der als Kinderspielzimmer gedacht war. Alles wurde mit Stil gemacht. Sie gingen auf die Terrasse, wo ein Tisch mit Stühlen, eine Schaukel und zwei Liegestühle standen. Von hier aus konnte man den wunderschön angelegten Garten sehen. Emina warf einen Blick auf den Tisch, an dem ihre Großmutter an guten Tagen glücklich saß, Tränen liefen über ihr Gesicht.

»Emina, bist du nicht zufrieden?«, fragte Hamza sie. »Dies wurde von den Fachkräften durchgeführt. Ich dachte, es würde dir gefallen.«

Emina wandte sich an Hamza und sagte:

»Mir gefällt alles sehr gut, ich hätte es alleine nie so schön machen können. Vielen Dank, ich bin traurig, weil mich vieles hier meine Oma erinnert. Ich wünschte, sie wäre hier, dass sie diese Schönheit sehen könnte. Ich vermisse sie sehr.« Sie umarmte Hamza fest.

Hamza wollte Emina nicht traurig sehen, also wollte er Spaß mit ihr haben, sagte er ihr lachend: »Emina, jetzt müssen wir darüber nachdenken, wann ihr zwei von Vanessa und mir auszieht, wir haben uns einiges mit euch gefallen lassen.«

Seine Worte brachten Emina zum Lachen, doch kurz darauf umklammerte Emina ihren Bauch und litt unter enormen Schmerzen.

Alle hatten Angst, als sie sahen, wie Emina ihren Bauch hielt, es war nicht der Geburtstermin. Sie waren außer sich.

»Omar, ruf einen Krankenwagen«, rief Hamza.

Vanessa und Hamza hielten Emina fest, um ihr zu helfen und sie ins Erdgeschoss zu bringen. Emina hatte Schwierigkeiten, sich zu bewegen. Der Krankenwagen traf innerhalb von zehn Minuten ein. Die Medizintechniker nahmen Emina mit und machten sich auf den Weg ins Krankenhaus.

Omar, Vanessa und Hamza stiegen ins Auto und folgten dem Krankenwagen.

Im Operationssaal warteten Ärzte, Eminas Gynäkologe und ein weiterer Arzt, der einen Kaiserschnitt durchführen würde, sowie weitere Kräfte, die bei der Operation helfen mussten. Emina wurde in den Saal gebracht und erhielt sofort eine örtliche Betäubung, gefolgt von einer Epiduralanästhesie, und in wenigen Minuten begannen sie mit dem Kaiserschnitt.

Omar, Vanessa und Hamza betraten aufgeregt den Operationssaal. Der Arzt schrie sie an zurückzugehen und im Flur zu warten. Vanessa und Hamza kehrten zurück, doch Omar blieb. Er trat beiseite und beobachtete, was geschah. Niemand achtete mehr auf ihn.

Der Arzt holte ein Baby heraus, dann ein weiteres, dann ein drittes.

Als Omar das sah, begannen seine Beine einzuknicken, er hatte Angst um Emina und gleichzeitig um die Babys. Alle erwarteten ein Baby, und es kamen mehrere Babys. Omar war so geschockt, dass er den Raum verließ und sich einfach auf den nächsten freien Stuhl setzte. Er hatte Vanessa und Hamza nicht gesehen, die ihn fragten, wie es Emina geht und was los ist. Vor seinen Augen wurde es dunkel.

Als Vanessa und Hamza Omar so sahen, befürchteten sie, dass Emina vielleicht das Schlimmste passiert war, und fingen beide an zu weinen. Sie fragten sich, was sie tun sollten. Sie mussten herausfinden, was los war.

Hamza versuchte erneut erfolglos, den Saal zu betreten. Nach ein paar Minuten kam der Arzt heraus und sagte:

»Den Babys geht es gut, der Mama auch. Glücklicherweise hatte Emina keine Komplikationen.«

»Babys?«, fragte Hamza. »Sie haben Babys gesagt.«

»Ja, ich gratuliere dem Vater, er hat zwei Mädchen und einen Jungen bekommen«, sagte der Arzt.

»Können wir reinkommen, Doktor?«, sagte Vanessa.

»Eher nicht, ich würde euch bitten, nach Hause zu gehen. Emina muss sich ausruhen und erholen, die Babys sind bereits im Brutkasten, aber alles ist gut, keine Sorge. Morgen könnt ihr zu Besuch kommen und die Mama und ihre Babys sehen. Sie werden noch eine Weile im Krankenhaus bleiben müssen.«

Vanessa und Hamza gingen den Flur entlang, Omar saß regungslos da.

»Omar«, Hamza rief ihn, »lass uns nach Hause gehen.«

Omar stand von seinem Stuhl auf und torkelte hinter ihnen hin und her.

Als sie nach Hause kamen, war Vanessa die Erste, die sprach:

»So wird es nicht weitergehen, wir dürfen nicht so sehr verzweifeln. Omar, Hamza, wegen Emina müssen wir stark sein. Das Wichtigste ist, dass Emina und die Babys am Leben sind, hoffen wir, dass sie gesund sind. Wir müssen stärker sein, wir müssen für Emina da sein. Morgen machen wir den Besuch, und jetzt gehen wir alle drei einkaufen.

Wir werden Kleidung für die Babys kaufen und hoffen, dass sie bald nach Hause kommen. Jetzt brauchen sie uns am meisten.«

Obwohl Vanessa auch sehr traurig war, hatte sie keine Lust, einkaufen zu gehen, aber sie wusste nicht, was sie sonst tun sollte, da alle Sachen, die für die Babys benötigt wurden, nicht gekauft worden waren, entschied sie, dass es das Beste wäre in diesem Moment.

Sie gingen ziellos und traurig von Geschäft zu Geschäft, kauften und kauften und wussten nicht einmal, wie viel sie einkauften.

Als sie nach Hause zurückkehrten, begann Vanesa sofort mit dem Waschen von Kleidung.

Am nächsten Tag kamen sie eine Viertelstunde vor Beginn des Besuchs im Krankenhaus an. Der Arzt erlaubte ihnen, die Babys im Brutkasten zu sehen. Er erklärte ihnen, dass Babys im Brutkasten sofort Kontakt zu ihrer Mutter und ihrem Vater haben konnten, die Berührung der Mutter gebe dem Kind ein sichereres Gefühl. Außerdem könne der Vater direkten Kontakt zu den Babys haben. Babys im Inkubator würden zu Beginn mit einer Sonde ernährt, später werde auf die Ernährung der stillenden Mutter umgestellt.

Die drei schauten auf diese niedlichen kleinen Wesen. Sie beteten für sie, sie glaubten, dass alles gut werde.

Nachdem sie die Babys besucht hatten, gingen sie zu Emina. Sie weinte, fühlte ihren eigenen Schmerz aber nicht, weil sie sich um die Babys sorgte. Omar beugte sich zu Emina, küsste sie und vergoss ebenfalls ein paar Tränen, die er vor Emina zu verbergen versuchte.

»Emina weine nicht, den Babys wird es gut gehen«, sagte er.

»Omar, wir sollten den Babys Namen geben. Da wir noch nicht darüber gesprochen haben, habe ich im Moment keine Ideen.«

»Ich möchte, dass du ihre Namen wählst, du bist diejenige, die es am meisten verdient«, fügte Omar hinzu.

»Ich möchte das erste Mädchen, das eine Minute vor dem zweiten geboren wurde, Jasmina nennen, und die Namen für das zweite Mädchen und den Jungen vergibst du, Omar. Vanessa und Hamza helfen dir bei der Auswahl.«

»Ich stimme dir zu, Emina, lass Jasmina das erste Mädchen sein.«

»Geben wir den anderen gleich Namen«, sagte Hamza.

Nach einiger Zeit einigten sie sich. Das zweite Mädchen sollte Fatima heißen, und der Junge Jasmin. Emina stimmte ihnen zu.

So vergingen die Tage. Omar besuchte seine Frau und seine Babys jeden Tag.

Vanessa bereitete Eminas und Omars Haus auf die Ankunft von Emina und den Babys vor.

Hamza ließ das Kinderspielzimmer umbauen, da es im ersten Stock von Eminas Haus zwei Kinderzimmer gab und das Spielzimmer recht groß war, verkleinerte er das Spielzimmer und bekam so ein weiteres Kinderzimmer. Nun befanden sich im Obergeschoss drei Kinderzimmer.

Nach fünfzig Tagen im Brutkasten kam der Junge Jasmin heraus, er war gesund und Emina pflegte ihn, und die Mädchen blieben weitere zweiundzwanzig Tage, und nach insgesamt zweiundsiebzig Tagen kamen die beiden heraus, auch völlig gesund.

Nun konnten alle vier nach Hause gehen, Mutter Emina, ihre Töchter Jasmina und Fatima und Sohn Jasmin.

Emina fühlte sich wohl und die Babys waren gesund und nahmen zu.

Omar kam, um sie abzuholen, und Vanessa und Hamza organisierten als Überraschung für Emina einen Empfang in ihrem Haus. Sie luden Katarina und Senad ein, ihre kleine Tochter war natürlich auch dabei, ein paar Arbeitskollegen von Emina und die nächsten Nachbarn.

Der Tag verging voller Freude, alle freuten sich für Emina und die Babys. Emina lachte erneut, glücklich und zufrieden.

Emina beschloss, sich selbst um das Haus und die Babys zu kümmern, doch schon einen Monat später erkannte sie, dass das keine besonders gute Idee war. Sie konnte nicht alle Verpflichtungen allein erfüllen, also stellte Omar eine Hausdame ein, die sich um den Haushalt kümmerte. Emina hatte Zeit für sich selbst, stellte ihre Babys aber trotzdem an die erste Stelle. Omar hatte ebenfalls eine große Rolle als Vater und genoss es sehr. In seiner Freizeit spielte er gerne mit seinen Kindern und verbrachte viel Zeit mit ihnen.

Drei Jahre nach der Geburt der Drillinge bekamen Emina und Omar zwei weitere Zwillinge, dieses Mal die beiden Jungen Muhamed und Mustafa.

Hamza war auch ein glücklicher Großvater, der gerne mit seinen Enkelkindern spielte. Er war stolz auf seine Schwiegertochter Emina, die ihre Karriere ihren Kindern zuliebe vernachlässigte, und ihr war das egal.

Emina und Omar genossen es, Eltern zu sein, und später setzte Emina ihre Karriere fort, als die Kinder größer wurden. Die Drillinge waren mittlerweile sechs Jahre alt, die Zwillinge waren drei Jahre alt.

Im Haus herrschte immer Leben, und auf dem Tisch, an dem jeden Tag zu einer bestimmten Zeit Frühstück, Mittag- und Abendessen zubereitet wurden, befanden sich auch viele kleine Hände, die entweder Löffel auf Teller schlugen oder mit Essenskrümeln spielten.

Emina und Omar genossen die Zeit mit ihren Kindern von Tag zu Tag mehr. Sie hatten das Gefühl, dass sie jetzt nur noch darüber nachdenken mussten, wie sie ihre Freizeit mit den Kindern am besten verbringen konnten. Das Haus war für sie ausreichend, die Kinder nutzten zwei Schlafzimmer – die Mädchen schliefen in einem, die Jungs im anderen, und das dritte Zimmer blieb leer. Die Eltern wollten jede neue Phase ihres Erwachsenwerdens gemeinsam mit ihren Kindern genießen. Die Kinder verbrachten die meiste Zeit draußen an der frischen Luft in einem wunderschönen Garten voller Grün.

Im Gegensatz zu Emina und Omar hatte Hamza bereits darüber nachgedacht, ob er ein größeres Haus für seinen Sohn und seine Familie kaufen oder ein Grundstück erwerben und darauf ein neues Haus bauen sollte. Aber er hatte Angst, ihnen seine Idee zu äußern, weil er wusste, dass sie zufrieden waren, und fürchtete sich vor Eminas Reaktion. Also setzte er seine Träumereien fort, ohne es anzusprechen.

Emina und Omar verbrachten ihre Freizeit am liebsten mit ihren Kindern. Sie waren glücklich und stolz auf ihre Familie.

Emina dachte oft darüber nach, wie sehr sich das Warten auf Omar gelohnt hatte. Sie hielt sich für die glücklichste

Frau und Omar erinnerte sich daran, wie viel Zeit er mit Herumirren verschwendet hatte im modernen, aber ziellosen Leben. Als er seine fünf glücklichen Kinder betrachtete, war er der glücklichste und reichste Mann.

Sie brauchten nichts anderes, sie fühlten sich als Familie erfüllt und waren überaus glücklich. Ihnen blieb nichts anderes übrig, als den Segen zu genießen, den das Leben ihnen bot, und die neuen Herausforderungen zu genießen, die auf sie zukommen würden.